手籠め人源之助秘帖
若後家ねぶり

睦月影郎

コスミック・時代文庫

この作品は二〇一四年五月学研パブリッシングから刊行された「若後家ねぶり」を加筆修正したうえ改題したものです。

目次

第一章　牢《ろう》から出れば女の世界

一

（ああ……、やっと出られたか……。本当に良かった……）

茂助《もすけ》は、伝馬町《てんまちよう》の牢《ろう》を出され、半月ぶりに手足を伸ばした。

これで、もう牢名主や牢役人どもの目を気にすることもないし、不潔な連中の性欲の始末もしなくて済むのだ。

彼が牢から出されると、中の囚人たちは羨《うらや》ましげな目でこちらを見ていた。

「おい、娑婆《しやば》へ出たら品川《しながわ》の旅籠《はたご》で働いているお駒《こま》って女に、達者で暮らせと伝えてくれ」

「おう、俺は吉原《よしわら》の小桜太夫《こざくらたゆう》に、お前《めえ》のことは忘れねえって言ってくれ」

「頼む、俺は日本橋《にほんばし》にある呉服問屋の……」

囚人たちが、外へ出られる茂助に向かい、口々にあれこれ言づてを頼むと、

「静かにしろ！」

役人が怒鳴りつけ、やがて茂助は牢屋敷の中庭に出た。

その井戸端で身体を洗い流し、すっかり垢《あか》じみた浅黄色《あさぎいろ》の着物から、入牢したとき自分が着ていた着物に着替えて、帯を締めた。下帯《したおび》も新品が用意され、持っていた財布もあった。

「まあ、ここではざっと流すだけだからな、あとで町の湯屋へ行って隅々まで洗い、髭《ひげ》を当たると良い」

「はい」

役人に言われ、身繕《みづくろ》いをすると小部屋に入れられ、そこに店屋物の飯が用意されていた。老舗《しにせ》から取り寄せた豪華な弁当で、茂助は半月ぶりのまともな食事に思わず生唾《なまつば》を飲んだ。

「ゆっくり食え。済んだ頃にまた来る」

「はい」

短く答えると、役人は部屋を出て行った。

今までは、牢内の食事と言えば冷えた飯と味噌汁《みそしる》が日に二回だけ、しかも半分

以上は他の囚人に取られてしまっていた。

茂助は箸《はし》を取って豆腐《とうふ》の味噌汁をすすり、久々の温かな汁物で喉を潤《うるお》した。

鯛《たい》の煮付けで飯を食い、田楽《でんがく》と香《こう》の物も付いていた。

あっという間に全てを食い終わり、茶を飲んでようやく落ち着いた頃、また役人が入ってきた。

「では、奉行所へ行くぞ。そこでお奉行直々《じきじき》にお沙汰《さた》があり、確かめ置くことが済めば、晴れて娑婆へ出られるからな、今しばらくの辛抱だ」

「はい」

茂助は答え、やがて促されて小部屋を出た。

そして牢屋敷を出ると、そこに二挺《ちょう》の乗り物があり、茂助も乗り込んだ。

半月前、奉行所から牢屋敷へ来たときは雁字搦《がんじがら》めに縛られていたが、今はゆったり座り、動き出すと紐《ひも》に摑《つか》まって、簾《すだれ》越しに町の様子を眺めた。

（また出られるとはな……）

てっきり、無実が証されぬまま遠島か死罪になってしまうものと思っていたので、平和な町々がやけに懐かしく、涙ぐみそうだった。

茂助は十八歳。文化《ぶんか》十三年（一八一六）初夏、すっかり木々の緑が輝き、吹き込む風も実に爽《さわ》やかだった。

伝馬町から丸の内の外れ、呉服橋《ごふくばし》にある北町奉行所まで、駕籠《かご》で四半刻（約三十分）ほどだった。

奉行所の中まで運ばれ、やがて下りるとお白州《しらす》ではなく屋敷の中へと案内された。少し待たされると、間もなく裃《かみしも》を着けた立派な旗本が入ってきた。

北町奉行、永田備後守正道《ながたびんごのかみまさみち》である。

伝馬町へ送られる前に、お白州の吟味《ぎんみ》で顔を合わせているので、茂助も慌てて平伏した。

「あ、いや、頭を下げるべきは奉行の方である。茂助、済まなかった」

何と奉行が、茂助の前に手を突いて頭《こうべ》を垂れたのである。

「お、お奉行様……」

「半月もの間、牢内で辛《つら》かったと思う。よく病に倒れることもなく乗り切ってくれた」

正道は目を潤《うる》ませ、心からの謝意を表して言った。

「いいえ、こうして無事に出られたので、何一つお恨みしておりませんので」

「そう言ってくれると言葉もない。両替屋の若女将《わかおかみ》、琴江《ことえ》のうろ覚えの言を信じてしまったのだが、真《まこと》の嘉平《かへい》殺しの下手人《げしゅにん》が見つかった」

「左様でございましたか……」

話では、押し込みを働いた佐吉《さきち》なる無宿人《むしゅくにん》を捕らえたところ、両替屋の印のついた二十五両の包みを所持していたので、追及されて口を割ったとのことだった。

「佐吉は、お前の証言通り、目尻に傷跡があった。すぐにも信用せず済まない。これは、半月働いたものとしての日当と、奉行からの心付けも入っている。受け取ってくれ」

正道が、懐紙《かいし》に小判を二枚乗せて差し出してきた。

「こ、こんなに……」

「この金で、まず医者へ行って身体を診《み》てもらい、今一度口入れ屋へ行って住み込みの奉公を探すのだ」

「分かりました。では有難く頂戴致します……」

茂助は言い、二両を押し頂いて財布に収めた。

やがて自由の身となった彼は北町奉行所を出ると、そのまま神田《かんだ》方面へと歩き、まずは湯屋に入って、もう一度念入りに全身の垢を落とし、元結《もとゆい》を解いて髪も洗い、剃刀《かみそり》を借りて髭も当たった。

そしてゆっくりと湯に浸かってさっぱりし、二階で休憩しながら髪を結ってもらい、やがて湯屋を出たのだった。

（女が欲しい……）

茂助の心は、熱烈に女を求めていた。

半月もの間、日も射さぬ牢内にいて、むさ苦しい男たちの一物《いちもつ》をしゃぶらされ、精汁を飲まされ続けてきたのだ。

このまま女も知らず死ぬのかと思い、絶望の毎日であった。

幸い囚人たちは根っからの男好きではなく、口でされれば満足するだけで、茂助の尻まで犯されることはなかった。

女と言えば、江戸へ出てきて最初に見た女、両替屋の琴江だけだ。

その若妻、いや、今は若後家だが、二十歳《はたち》を少し超えたばかりの美女の面影が、茂助の妄想の全てだった。美しいと同時に、彼を牢へ追いやる証言をした敵《かたき》である。

性欲は溜まりに溜まっているが、この二両で岡場所へ行く気はない。むしろこの金は、これからの生活に必要なものだ。

それに一度限りの遊女を抱くより、復讐を兼ねて琴江を犯したかった。

そのため、また牢内へ逆戻りするかも知れないが、とにかく彼の淫気は琴江のみに向けられていたのだった。

と、神田にある両替屋へ向かう途中、『蘭方医《らんぽうい》・鉄丸源之助《てつまるげんのすけ》』という看板が茂助の目に入った。

奉行にも言われたし、やはり念のため身体を診てもらおうと思い、茂助は中に入っていった。

すると医師の源之助は、茂助といくらも歳の違わぬ若者であった。

剃髪《ていはつ》して十徳《じっとく》を着ているが、手伝いもおらず一人暮らし。

あとで聞くとまだ十九で、老師の源斎《げんさい》が死んだので後を引き継いだばかりと言うことだ。

「診て頂きたいのですが」

「どうした。どこか痛むか。どこも悪そうに見えぬが」

「はい、身体中を。牢から出てきたばかりですので、悪い病でももらっていないかと」

「なに……。では、まあ脱ぎなさい。名は、歳は？」

訊《き》かれて、茂助は帯を解きながら答えた。

下帯まで全て脱ぎ去って座ると、源之助は彼の目の奥から口の中、身体中や一物まで診た。

そして背を向けると、源之助が息を呑んだ。

「背や尻が痣《あざ》になっているが」

「牢に入ると、新入りは板で叩かれまくるのです。私は金も何も隠し持っていなかったので。もっとも牢名主が私の顔立ちや女のように色白の肌を気に入ったようで、一物をしゃぶれば許してやると」

「ほう……」

言うと源之助は、興味を持ったようだった。

「そのうち、牢役人たちにも順々に口でさせられ……。まあ尻を犯されなかっただけましですが」

「牢役人というのは？」

「牢名主の身の回りの世話をする古参連中です」

「ふむ……。狭い牢の中でも、様々な仕来《しきた》りがあるのだな……。痛むか」

源之助が、背や尻の痣に触れながら訊く。

「いいえ、もうすっかり癒《い》えました。半月ばかりで出られたので」

「ほう、なぜ」

「真の下手人が捕まり、私の潔白が証されたからです」

「それは気の毒に……。ああ、どこも悪くないぞ。痣は間もなく消えよう。だいぶやつれているので、旨《うま》いものを食うと良い」

源之助に言われ、茂助は身繕いをした。

すると彼は長火鉢の鉄瓶《てつびん》から茶を淹《い》れてくれた。

「良ければ、相談に乗ろう。順々に話してくれぬか」

源之助が言うと、茂助も話す気になった。若い医者なので、まだ患者も寄りつかず暇なのかも知れない。

そして茂助も、何しろ江戸へ来て、すぐ入牢させられたから、人と真っ当に話すのも初めてだったので彼に聞いてもらいたかった。

二

「私は下総《しもうさ》の百姓で、三男坊です。二親《ふたおや》とも死に、兄夫婦と一緒に田畑を耕しておりました。次男は隣村へ養子に行ったのですが、兄に子が出来て家が手狭になったので、私は江戸へ出てくることにしたのです」

茂助は茶をすすり、源之助に話しはじめた。

「と言うのも、案外手習いでは読み書きと算盤《そろばん》が得意だったので、江戸で商家へ奉公したらどうかと和尚《おしょう》にすすめられました」

「うん、確かに利発そうだ」

源之助が煙管《キセル》に莨《タバコ》を詰め、長火鉢で火を点《つ》け、紫煙《しえん》をくゆらせて言った。

「それで先月、江戸へ出てきました。まず口入れ屋に行き、両替屋で住み込みの奉公人を探していると聞いて訪ねました」

「ふむ」

「しかし訪《おとの》うても誰も出てこないので、店の脇から庭の方に回ってみると、いきなり人が飛び出してきたのです。ぶつかりそうになって、危ないなと思って見ると、頬かむりをして、左の目尻に傷が見えました」

茂助は、そのときの様子を思い出し、確認しながら説明した。

「そして縁側から中に目を遣《や》ると、男の人が血まみれで倒れ、匕首《あいくち》が転がっていたので、驚いて上がって駆け寄ると、若女将が出てきて悲鳴を上げられました……」

「琴江さんの店か」

「そうです！　たちまち私は奉公人や近所の人に取り押さえられ、わけも分からないまま引っ立てられました。そしてお白州では、琴江が私が刺したと言い張ったのです」

茂助は言いながら、悔《くや》しさに涙ぐみそうになった。

「そうか、琴江さんも気が動転していたのだな。死んだのは婿養子《むこようし》に迎えたばかりの嘉平だ。読売《よみうり》で読んだよ。そうか、そのとき捕まったのが、お前だったのか。苦労したな……」

源之助は同情して言い、火鉢に灰を落として煙管に残った煙を出した。

「いえ、出られて良かったです。佐吉が捕まらなかったら、遠島か死罪まで覚悟したのですから」

「うん、それで、これからどうする」

「お奉行から、あらためて口入れ屋へ行って住み込み出来る奉公口を探せと。見つかるまで暮らすぐらいの金はもらいましたので」

「そうか、それが良いな」

「はい。ではお見立て代を」

「いいよ、どこも悪くなかったのだから」

「でも、それでは」

「ああ、貴重な話が聞けたからな。もし、良い働き口が見つからなかったら、いつでも相談に来てくれ」

「有難うございます。ではこれにて」

茂助は辞儀をして言い、源之助の家を出た。順々に何もかも話して、すっきりした気分だった。

しかし、まだ淫気は激しくくすぶっており、やがて茂助は両替屋へ行って様子を見てみた。

（店が閉まっている……）

店は戸が閉められ、商っている様子がなかったのだ。

向かいに菓子屋があったので茂助は入り、縁台に座って大福と茶を頼んだ。

そういえば江戸へ来て、初めて口にする甘いものだった。しばし味わい、茶を飲んで喉を潤してから菓子屋の女将らしい人に訊いてみた。

「お向かいの両替屋は、もう畳んでしまったのでしょうか」

「ええ、若旦那《わかだんな》の四十九日が済むまでは閉めているようですよ」

女将も気さくに答えてくれた。

「では、琴江さんお一人で？」

「ええ、喪《も》に服しているみたいです。大変な出来事でしたからねえ、無理もないです」

「そのようですね。前に読売で知りました」

茂助は答え、女将も、小柄で色白の彼を怪しむこともなく、何でも話してくれた。

「殺された嘉平さんていうのは、元番頭さんでね、二十三になる琴江さんより二つ三つ上だったたか、入り婿になって二年ほどかしら。お子は出来なかったので、また次のお婿を選ぶでしょうよ。琴江さんも器量よしだから」

「そうですね」

大福を食い、茶を飲み終えた茂助は答え、やがて金を払って菓子屋を出た。

そして茂助は、思い切って向かいの両替屋に行くことにした。

琴江に身内はなく、住み込みの奉公人も今は実家へ帰しているというので一人きりだろう。

戸の閉まった店先から、脇の木戸を入り、母屋《おもや》に通じる庭の方へ回った。

半月前も、こうして入り、嘉平殺しに遭遇《そうぐう》してしまったのだ。

「御免下さい」

入り口から声をかけ、戸に手をかけてみると開いた。

もう一度、奥に向かって訪うと、やがて足音が聞こえてきた。

「どなたでしょう……」

声がして、琴江が姿を見せた。多少やつれた感じはあるが、寝巻姿ではなく髪の乱れもなかった。

「茂助と申します。今日、牢から出されました」

「まあ……!」

頭を下げて言うと、琴江は思い出したように息を呑んだ。

いや、ろくに茂助の顔など覚えてもいないだろうが、牢という言葉に思い当たったのだろう。

「では、あのときの……」

「はい。私も気になるので、経緯《いきさつ》をお話しできればと思いまして」

「どうぞ、中へ……」

琴江が言い、茂助も悪びれず草履《ぞうり》を脱いで上がり込んでいった。

彼女も、色白で手足の細い茂助に警戒心も抱かず、さすがに誤りの証言で済まない気持ちもあったのだろう。

座敷に通され、茂助は腰を下ろした。やはり他に人の気配はなく、琴江一人きりのようだ。

「その節は……、大変な思い違いをしてしまいました……」

まず琴江が、頭を下げて言った。

緊張に白い頬が強《こわ》ばり、それでも切れ長の目に、スラリとした鼻筋が美しかった。

形良い唇は、紅も塗っていないだろうに赤く濡れたような光沢があり、着物の上からでも形良い胸の膨《ふく》らみと、腰の丸みが何とも艶《なま》めかしかった。まして若後家という打ち沈んだ風情《ふぜい》も、ゾクゾクと茂助の淫気を煽《あお》って股間を熱くさせた。

初めて女と二人きりで面と向かったが、緊張よりは欲望の方が激しく彼の全身を満たしていった。

「いいえ、まずは私の方からお話し致します。私は下総から江戸へ出てきて、口入れ屋にこちらを紹介されたのです」

「そうでしたか……」

「その足でここをお訪ねし、わけも分からず、あのようなことになり半月、牢で暮らしました。幸い、佐吉という真の下手人が捕まり、今日出てこられたわけです」

「…………」

「いかがでしょう。私は他に知り合いもないので、あらためましてこちらでお世話になるわけに参りませんでしょうか」

「いえ、それは……。ああしたことがありましたので、また店を開くかどうかは、四十九日が済んでから皆と相談するつもりでおります。どうか口入れ屋の話はなかったことにして下さいませ。他の奉公が決まるまで、当座の蓄えもご入り用でしょうから」

言うと琴江は立ち、客間を出ていった。

見てみると、琴江が入った、廊下を隔てた向かいの部屋には敷かれたままの布団があった。やはり、たまに横になっていたのだろう。

堪《たま》らずに茂助も立ち上がり、琴江の部屋に入っていった。

「え……？」

金を出すため手文庫を開けようとしていた琴江が振り返り、小さく声を洩らした。

茂助は意を決して彼女に抱きつき、布団の方へと引きずりながら押し倒していった。興奮と緊張に身も心もぼうっとなり、何やら夢の中にいるような心地であった。

三

「な、何するんです……。やめて……！」

琴江が、生ぬるく甘い匂いを揺らめかせて声を上げた。

「済みません。まだ女を知らないんです。教えてくれたら大人しく引き上げますので、どうか」

茂助は、夢中になって組み付きながら言った。

牢にいるときは、自分を辛い目に遭《あ》わせた女に復讐したい一心だったが、こうして娑婆に出られたし、琴江も謝意を表し金を出そうとしたのだから、一瞬にして恨みは吹き飛び、淫気だけが残った。

「あのまま、女を知ることもなく死罪になると思っていたので、どうか一度だけ……」

茂助が必死に訴えかけると、急に琴江は抵抗を止《や》めた。

「わ、分かりました……。牢で辛い目に遭ったのですね。言うことをきくのでどうか叩いたり傷つけたりしないで下さい……」

言われて、茂助も激しく勃起しながら答えた。

「ええ、乱暴はしません。言うことをきくなら、全部脱いで下さい」

彼もいったん身を起こし、押さえつけるのを止めた。もともと優しい性分なので、とても乱暴など出来ないのだ。

すると琴江は身を起こし、微《かす》かに震える指で帯を解きはじめてくれたのだ。

茂助が無垢《むく》と知って同情したのか、年上の女の余裕を取り戻したのかも知れない。

そして当然ながら、自分の証言で彼が入牢したことを済まないと思っているのだろう。

やがて琴江は立ち上がって着物を脱ぎ、さらに襦袢《ジュバン》と腰巻も取り去って、みるみる白く滑《なめ》らかな肌を露《あら》わにしていった。

もう隙を見て逃げ出す様子もないので安心し、茂助も興奮に胸を高鳴らせながら手早く脱いで全裸になった。

一糸《いっし》まとわぬ姿になった琴江が、布団に仰向けになった。

長い睫毛《まつげ》を伏せ、胸を隠しもせず身を投げ出した。

二十三歳の若後家の肌は透けるように白く滑らかで、意外なほど豊満な乳房が艶めかしく息づいて、彼女の熱い呼吸も震えていた。

無理やりにでも犯そうと思っていたが、こうも神妙に横たわられると、茂助も性急に挿入せず、じっくり隅々まで味わおうという気になった。

添い寝し、甘えるように腕枕してもらうと、目の前に豊かな白い膨らみが迫ってきた。肌を密着させ、色づいた乳首に吸い付きながら、もう片方の膨らみに手を這わせた。

「ああ……」

琴江が小さく声を震わせ、身構えるようにビクリと熟れ肌を強ばらせた。

茂助も興奮に息を弾ませながら、次第にコリコリと硬くなってくる乳首を舌で転がし、柔らかな膨らみに顔中を押しつけて、初めて触れた女の感触を味わった。

ほんのり汗ばんだ胸の谷間や腋《わき》からは、甘ったるい体臭が漂ってきた。

充分に味わってから、のしかかるようにもう片方の乳首も含み、心ゆくまで舐め回した。

次第に、強ばっていた肌がうねうねと波打ち、悶《もだ》えはじめてきた。

すでに男を知っている女体というのは、誰が相手でも愛撫に反応してしまうのだろうか。

もちろん乱暴にされるより素直に身を任せた方が自分も感じるだろうから、琴江の選択は賢明と言うべきかも知れない。

さらに茂助は、彼女の腋の下にも顔を埋《うず》め、柔らかな腋毛に鼻を擦《こす》りつけ、甘ったるい汗の匂いで胸を満たした。

ここのところ一人でふさぎ込んでいたようで、ろくに湯屋にも行っていないのかも知れず、その体臭は濃かった。

もちろん不潔な囚人たちとは比べものにならない芳香で、やはり女というのは根本から男とは身体の造りが違うのだろうと思った。

茂助は何度も深呼吸して腋毛の隅々に籠もった女臭を貪《むさぼ》り、そのまま脇腹を舌で下降していった。

そして真ん中に移動して臍《へそ》を舐め、張りのある腹部に顔を押しつけた。

「く……」

琴江が小さく呻《うめ》き、ビクリと肌を震わせた。

臍や左右の腰骨のあたりは、かなりくすぐったいのかも知れない。

茂助は女体を探検するつもりで、腰からムッチリとした太腿へと舌で下りていった。

肝心な部分を見ると、すぐにも入れたくなり、あっという間に終わってしまうだろう。

国許にいるときは、兄夫婦の目を盗んで厠《かわや》や寝床でこっそり手すさびしていたが、江戸へ来てからは一度も抜いていないのだ。何しろ牢内では、そうした気分にもなれなかったのである。

だから今は半月以上ぶりの、溜まりに溜まった精汁が、今や遅しと出る用意をしているのだ。彼は、かえってそれを抑えつけるように、まずは女体の全てを味わうことに専念した。

スベスベの脚を舐め下り、足首まで行くと、茂助は琴江の足首を摑んで持ち上げ、足裏に顔を押し当てた。

「あ……！」

琴江が驚いたように声を洩らしたが、じっとされるままになった。

硬い踵《かかと》から柔らかな土踏まずを舐め、縮こまった指の股に鼻を割り込ませると、そこは汗と脂《あぶら》にジットリ湿り、蒸《む》れた匂いが濃く沁み付いていた。

茂助は、美女の足の匂いを貪るように嗅《か》いでから、爪先にしゃぶり付き、桜色の爪を舐め、爪の先を嚙み、指の間に順々に舌を潜り込ませた。

そこはうっすらとしょっぱく、美女の足指を舐めている感動と興奮が彼の胸を満たしていった。

「アア……」

琴江が喘《あえ》ぎ、クネクネと腰を動かし、彼の口の中で唾液にまみれた爪先を縮めた。

「なぜ、そのようなところを……」

彼女は不思議そうに言った。

亭主の嘉平は、こうしたところまで舐めなかったようだ。婿養子とはいえ、琴江も足など舐めさせなかったらしく、元々そうした行為は異端なのかも知れないと茂助は思った。

とにかく興奮で答える余裕もなく、茂助はもう片方の爪先もしゃぶり、味と匂いが薄れるほど貪ってしまった。

そして脚の内側を舐め上げ、両膝の間に顔を割り込ませ、白くムッチリした内腿を味わいながら股間に迫っていった。

近づくだけで、熱気と湿り気が顔中に吹き付けてくるようだった。

陰戸《ほと》を見ると、黒々と艶《つや》のある恥毛が、ふっくらとした股間の丘に茂り、下の方は露《つゆ》を宿して筆の穂先のようにまとまっていた。

肉づきが良く丸みを帯びた割れ目からは、色づいた花びらがはみ出し、ヌメヌメと大量の蜜汁にまみれているではないか。

興奮に震える指を当て、そっと陰唇を左右に広げると、溢《あふ》れる蜜汁で指がヌルッと滑りそうになった。

それでも開くと、中身が丸見えになり、息づく桃色の柔肉と襞の入り組む膣口が覗《のぞ》いた。ポツンとした尿口の小穴も確認でき、亀頭を小さくした形のオサネも光沢を放ってツンと突き立っていた。

茂助は、国許にいるとき手習いの仲間から見せてもらった春本《しゅんぽん》を思い出して一つ一つ確認し、本物は春画の何倍も艶めかしいことを実感した。

もう我慢できず、茂助は吸い寄せられるように顔を埋め込み、柔らかな茂みに鼻を擦りつけて嗅いだ。

隅々には、濃厚に甘ったるい汗の匂いが籠もり、下の方にはほのかな残尿臭の刺激も入り混じり、さらには淫水の生臭い成分も悩ましく鼻腔《びこう》をくすぐってきた。

茂助は、生まれて初めて嗅いだ女体の匂いに陶然《とうぜん》となりながら、舌を這わせていった。

「あう……、舐めてくれるの……」

琴江が呻いて言い、キュッときつく内腿で彼の両頰を挟み付けてきた。

もちろん嘉平だって少しは陰戸を舐めただろうが、やはり琴江は、若い茂助がすぐにも突っ込んでくると思っていたので、隅々まで舐めるのが意外だったようだ。

茂助はもがく豊満な腰を押さえつけるように抱えながら、舌先で膣口の襞をクチュクチュと掻き回し、淡い酸味のヌメリを味わいながらオサネまで舐め上げていった。

「アアッ……。き、気持ちいいッ……！」

琴江が口走り、ビクッと顔を仰《の》け反《ぞ》らせて内腿に力を込めた。

茂助は、自分のような未熟者の愛撫で大人の女が感じてくれるのが嬉《うれ》しく、執《しつ》拗《よう》にオサネを舐め、吸い付いた。

さらに彼は琴江の脚を浮かせ、白く豊満な尻の谷間にも顔を寄せ、ひっそり閉じられた薄桃色の蕾《つぼみ》に鼻を埋め込んで嗅いだ。

ひんやりした双丘が顔中に心地よく密着し、秘めやかな微香が胸に沁み込んできた。

茂助は充分に嗅いでから、チロチロと舌先で蕾を舐め回した。

四

「く……。こ、こんなことされたの初めて……」

茂助が細かに震える襞を舐めて濡らし、舌先を潜り込ませると、琴江は声を上ずらせて言い、モグモグと肛門で彼の舌を締め付けてきた。

彼はヌルッとした粘膜を味わい、内部で舌を蠢《うごめ》かせた。すると鼻先にある陰戸から、さらに多くの淫水がトロトロと湧き出してきた。

茂助は舌を引き抜いて彼女の脚を下ろし、再び割れ目に舌を戻して大量のヌメリをすすり、オサネに吸い付いていった。

「い、いきそう……。もう堪忍《かんにん》……。どうか、入れて……」

琴江が激しく身悶え、息も絶えだえになりながら懇願《こんがん》した。

茂助も我慢できなくなり、身を起こして股間を進めていった。

急角度にそそり立つ幹に指を添えて下向きにさせ、濡れた陰戸に先端を押し当ててヌメリを与えるように擦りつけた。

それだけで果てそうに高まってしまったが、なかなか位置が合わない。

「もう少し下……。そう、そこよ……」

琴江が僅《わず》かに腰を浮かして言い、誘導してくれた。犯しに来たのに、全て彼女に教わっているようなものだ。

股間を押しつけると、いきなり亀頭がヌルリと嵌《は》まり込み、あとはヌメリに助けられながら、ヌルヌルッと滑らかに根元まで吸い込まれていった。

「アアッ……！」

琴江が声を上げ、ビクッと顔を仰け反らせ、キュッと締め付けてきた。

茂助は奥歯を嚙み、必死に暴発を堪《こら》えながら温もりと感触を味わった。

何という心地よさだろう。肉襞の摩擦と締め付けが一物を包み込み、ピッタリと吸い付くようだった。

すぐ果てるのは何とも惜しいので、茂助はまだ動かず、初めて女と一つになった感激を嚙み締め、少しでも長く味わおうとした。

琴江が両手を伸ばしてきたので、茂助もそろそろと片方ずつ脚を伸ばして身を重ねると、彼女がしがみついてきた。

胸の下でキュッと柔らかな乳房が押し潰《つぶ》れて弾み、恥毛も擦れ合い、コリコリする恥骨の膨らみも感じられた。

すぐ目の下では、美女の色っぽい唇が息づき、僅かに開いて白い歯並びが覗いていた。

熱く湿り気ある息は、花のように甘い刺激を含み、茂助は吸い寄せられるように唇を重ねていった。

そして舌を挿《さ》し入れ、歯並びを舐めると、彼女も口を開いてネットリと舌をからみつかせてきた。

噛まれるような心配はないだろうと、茂助も潜り込ませ、生温かな唾液にトロリと濡れ、滑らかに蠢く舌を心ゆくまで味わった。

「ンン……」

琴江が熱く鼻を鳴らし、チュッと彼の舌に吸い付きながら、ズンズンと股間を突き上げはじめた。

合わせて茂助も腰を遣《つか》うと、さらに心地よい摩擦が幹を包んだ。

最初はぎこちなかったが、次第に互いの動きが一致し、もう彼は止めようもなく股間をぶつけるように突き動かしてしまった。

「ああッ……、いいわ。もっと強く、奥まで突いて……」

口を離した琴江が淫らに唾液の糸を引いてせがみ、茂助の背に爪まで立ててきた。

もう限界である。

茂助は美女の甘い唾液と吐息に酔いしれながら、止めようもなく腰を突き動かし、そのまま大きな絶頂の快感に貫かれてしまった。

「く……！」

手すさびとは比べものにならない快感に呻き、彼はありったけの熱い精汁をドクンドクンと勢いよく柔肉の奥にほとばしらせた。まるで恐慌を起こした精汁が、陰嚢《いんのう》から一気に狭い鈴口《すずぐち》にひしめき合うようだった。

「あ、熱いわ……、いく……。アアーッ……！」

すると、奥深い部分に噴出を感じた途端、琴江も口走り、ガクンガクンと狂おしい痙攣《けいれん》を起こした。

どうやら本格的に気を遣ったようで、彼女が腰を跳ね上げるたび小柄な茂助の全身も激しく上下した。

膣内の収縮も最高潮になり、茂助は溶けてしまいそうな快感の中、何度も脈打つように射精し、本当に生きていて良かったと思った。

やがて出し切ると、茂助はすっかり満足しながら徐々に動きを弱めていき、美女の熟れ肌にもたれかかった。

「ああ……。こんなに良かったの、初めて……」

琴江も満足げに声を洩らし、徐々に肌の強ばりを解いてグッタリと身を投げ出していった。

まだ名残惜《なごりお》しげに膣内の収縮は続き、刺激されるたび射精直後の一物がピクンと内部で跳ね上がった。

「あう……、もうダメ。感じすぎるわ……」

琴江が言い、押さえつけるようにキュッときつく締め付けてきた。

女も気を遣った後は、射精した直後の亀頭のように全身が過敏になっているのだろう。

茂助は完全に動きを止めて彼女に身体を預け、熱く甘い息を間近に嗅ぎながら、うっとりと快感の余韻に浸り込んだ。

しばし、汗ばんだ肌を密着させ、互いに荒い息遣いを繰り返した。

琴江は、思い出したようにビクッと肌を震わせ、ようやく茂助も呼吸を整えると、そろそろと股間を引き離していった。

淫水と精汁のヌメリに加えて締まりが良いから、途中から自然にツルッと押し出されてしまった。

彼は添い寝し、また甘えるように腕枕してもらった。

もう微塵《みじん》も恨みはなく、逆に牢内で過ごした半月間の禁欲や辛い思いすら、今このときの快楽のためにあったような気がした。

「あんなに丁寧に舐めてもらったの、初めて……」

琴江が、気怠《けだる》げに吐息混じりに囁《ささや》いた。

「あなたは、本当に初めてだったの？　足の指やお尻の穴まで舐めるなんて、上手《じょうず》すぎるわ……」

「ええ、もし生きて牢を出られたら、琴江さんにあれもしたいこれもしたいと思い続けていたから……」

「そう……」

琴江は、茂助の顔を優しく胸に抱きながら小さく答えた。

「こんなに夢中にさせてくれるなら、さっきの奉公の話、お願いしようと思うのだけれど……」

「本当ですか」

「ええ、でも明日は朝から親戚が来て今後の話をするので、来てもらうなら、やはり四十九日が明けてから」

「分かりました……」

茂助は答え、抱かれて甘い匂いに包まれているうち、またムクムクと回復してきてしまった。

「お名前を、まだ聞いていなかったわね……」

「下総から出てきた茂助です。茂る助ける」

「そう、茂助さんね」

「奉公させて頂くのですから、どうか茂助と」

「いいえ、それはちゃんと働くようになってから。今はまだ済まない気持ちでいっぱいだから……。あん、また大きく……」

肌に強ばりを感じたか、琴江がビクリと身を震わせて言った。

「茂助さんは可愛いから、牢内で荒くれ者に犯されなかった？」

琴江が訊いてきた。

「いえ、何とか尻の方は大丈夫でしたが、何度も一物を口でさせられ、飲まされました……」

「まあ、可哀想に……。嫌だったでしょうね……」

琴江が言い、手を伸ばしてやんわりと強ばりを愛撫してくれた。

「私も飲むのは嫌いなのだけれど、償《つぐな》いに、させて……」

琴江は言うと身を起こし、彼の股間に顔を迫らせてきた。

「ああ……」

茂助は期待と興奮に声を洩らし、すっかり回復している一物をヒクヒクと震わせた。

琴江は、仰向けの彼を大股開きにさせ、真ん中に腹這うと顔を寄せてきた。

そして内腿をそっと舐め、熱い息を股間に籠もらせてきたのだった。

茂助は、さっきの射精などなかったかのように激しく胸を高鳴らせ、息を震わせて身を任せた。

すると琴江は、まず舌先で縮こまったふぐりを舐め回してきたのだ。

滑らかな舌が袋全体に蠢き、二つの睾丸《こうがん》が転がされ、時にチュッと優しく吸われた。

茂助は、ゾクゾクするような快感に悶えながら、意外にふぐりが感じることを知ったのだった。

五

「アア……。き、気持ちいい……」

充分にふぐりを舐め回され、茂助は快感に喘いだ。

琴江は、さらに彼の脚を浮かせ、自分がされたように肛門までチロチロと舐めてくれ、ヌルッと舌先を潜り込ませてきたのだ。

「あう……」

美女の舌に犯されるような心地で呻き、彼は肛門を締め付けた。

実際、囚人たちに犯されずに済んだ無垢な肛門に、美女の舌が入ったのだから、それは大歓迎であった。

琴江は厭《いと》わずに内部で舌を蠢かせてから、ようやく茂助の脚を下ろし、口を離した。

そして舌先で、ふぐりの縫い目をツツーッとたどり、とうとう肉棒の裏側をゆっくり舐め上げてきたのだ。

生温かな唾液に濡れた舌先は、絹のように滑らかな感触で、茂助は息を震わせて硬直しながら快感を嚙み締めた。

琴江の舌が先端に達すると、粘液の滲《にじ》む鈴口をチロチロと舐め回し、さらに精汁と淫水に濡れた亀頭にもしゃぶり付いてくれた。

「ああ……」

やがて琴江にスッポリと根元まで呑み込まれ、茂助は激しい快感に腰をよじらせて喘いだ。

美女の口の中は温かく濡れ、唇が幹をキュッと丸く締め付けた。

恐る恐る股間を見ると、美女が深々と肉棒を頰張り、上気した頰をすぼめて吸い付いていた。

熱い鼻息が恥毛をそよがせ、口の中ではクチュクチュと舌がからみつくように蠢き、たちまち一物全体は生温かな唾液にどっぷりと浸り、早くも絶頂を迫らせてヒクヒクと震えた。

「い、いきそう……」

茂助は喘ぎながら、思わずズンズンと股間を突き上げてしまった。

すると琴江も、それに合わせるように小刻みに顔を上下させ、濡れた口でスポスポと強烈な摩擦を繰り返してくれた。

茂助は、まるで美女のかぐわしい口に全身が含まれ、舌で翻弄《ほんろう》されているような錯覚に陥り、とうとうそのまま昇り詰めてしまった。

「く……！」

突き上がる快感に呻きながら、二度目とも思えぬ熱い大量の精汁をドクドクと勢いよくほとばしらせ、琴江の喉の奥を直撃した。

「ンン……」

琴江は噴出を受け止めながら小さく鼻を鳴らし、さらにチューッと吸い出してくれた。

「アア……！」

茂助は、魂《たましい》まで吸い取られるような快感に声を洩らし、あっという間に最後の一滴まで出し尽くしてしまった。

硬直を解いてグッタリと身を投げ出すと、琴江は亀頭を含んだまま、口に溜まった精汁をゴクリと一息に飲み干してくれた。

「あう……」

嚥下《えんか》と同時に口腔がキュッと締まり、茂助は駄目押しの快感に呻いた。

ようやく琴江はスポンと口を引き離し、なおも余りをしごくように幹を握って、鈴口に膨らむ白濁《はくだく》の雫《しずく》まで丁寧に舐め取ってくれた。

「ああ……。どうか、もう……」

茂助は過敏に反応し、クネクネと身悶えながら降参した。

すると琴江も、舌を引っ込めて顔を上げ、大仕事を終えたように太い溜息をついた。

「不思議だわ。飲むのが全然嫌ではなかった。でも、まだ勃《た》っている。そんなに溜まっていたのね……」

琴江が、萎《な》えないままの一物を見下ろし、呆《あき》れたように言った。

「でも、もう今日は充分だわ。どうか、また来て」

琴江は言い、手拭《てぬぐ》いを取り出した。

「これを軒先に吊しておくから、そのときは入って来ていいわ」

言われて頷《うなず》くと、茂助も起き上がって身繕いをした。琴江は、数日分の宿賃をくれた。

やがて茂助は両替屋を辞し、すっかり日の傾いた神田を歩いた。

犯したことにはならないが、とにかく女を知って思いは遂げたのだ。逆に、無理強《むりじ》いして訴えられるよりずっと良かった。

あとは、明日からの暮らしを考えなければならない。彼は蕎麦屋《そばや》に入って夕餉《ゆうげ》を済ませ、木賃宿《きちんやど》でも探そうと思った。

日が落ち、辺りには夕闇が立ち籠めはじめていた。

元より、江戸へ来て口入れ屋に行き、琴江の店に行ってすぐ捕まったので江戸の地理は全く分からなかった。

人に訊こうにも、つい店も通行人もいない武家屋敷の界隈《かいわい》に入り込んでしまった。

引き返そうとしたとき、いきなり後ろから声をかけられた。

「そのまま進め」

「え……」

驚いて振り返ると、頭巾《ずきん》をかぶった長身の二本差しが一人立っていた。

頭巾の隙間から鋭い目が光り、すわ辻斬《つじぎ》りかと茂助は腰が抜けそうになってしまった。

「い、いいえ、私は……」

「早く行け。二度は言わぬぞ」

武士が鯉口《こいぐち》を切りながら言うので、茂助は膝を震わせながらも、恐る恐る歩きはじめた。

武士も、背後から一定の間合いでついてくる。逃げ出そうものなら、その場で一刀のもとに斬り捨てられるのだろう。もちろん全身が震え、逃げ出すような力は湧かなかった。

（何てついてない……）

茂助は思ったが、それでも一人の美女の肉体を隅々まで知ったのだからと自分に言い聞かせた。

「そこを右に曲がれ。そこだ、中に入れ」

武士が裏路地に入って言うと、木戸があった。

茂助は木戸を開け、中に入った。

裏口らしく、母屋の方には大きな屋根が見える。武者窓《むしやまど》があるから、どうやら剣術道場のようだった。

勝手口から中に入ると、武士は竈《かまど》に残っていた火を手燭《てしよく》に移し、茂助に中に入るよう促した。

恐る恐る上がり込むと、武士は床の敷き延べられた座敷に案内し、手燭から二つの行燈《あんどん》に火を入れた。

「い、いったい私をどうしようと言うのです……」

布団の脇にへたり込み、茂助は言った。

「お前があまりに可愛いので、味見したくなったのだ」

「そ、そんな……」

茂助は震え上がった。

牢では辛《から》うじて男に犯されずに済んだのに、ここへ来てまさか武士に犯される羽目になろうとは夢にも思わなかったものだ。

武士は大小を刀架《とうか》に掛け、頭巾を外した。

何とも、凛《りん》とした長身の美丈夫《びじょうふ》ではないか。

髪を束ねて後ろで結んで垂らし、前髪が涼やかだった。切れ長の目にスラリと通った鼻筋、形良い唇がほんのり赤かった。

「私の名は、佐久間《さくま》雪絵《ゆきえ》」

「え……。お、女の方でございますか……」

「そうだ。男と思っていたのか、失礼な奴だ。とにかく脱げ、茂助」

た。


「な、なぜ私の名を……」

「あとで話してやる。まずは味見がしたい。さあ」

男装の美女、雪絵は言って、自分も袴《はかま》の紐を解いて脱ぎはじめた。

さらに手早く着物を脱ぎ去ると、なるほど、襦袢越しにも胸の膨らみが分かった。

女と分かり、少しだけ安心したが、不安はまだ去らない。

茂助も恐る恐る帯を解き、着物と下帯を脱ぎ去っていった。

「そこに寝ろ。うつ伏せに」

言われて、全裸になった茂助は腹這いになった。

すると、一糸まとわぬ姿になった雪絵も傍《かたわ》らに座り、彼の背を撫《な》で回した。

「可哀想に。だが、だいぶ癒えているな」

背や尻の痣にそっと触れながら言い、やがて彼女は茂助の背に唇を押しつけてきた。

茂助は、柔らかな唇と熱い息、サラリと流れる髪の感触にビクリと身を震わせて息を詰めた。

第二章　女武芸者の激しき淫欲

一

「こんなに勢いよく勃《た》っている。さんざん後家としたくせに」

全裸の茂助を仰向けにさせ、雪絵は屹立《きつりつ》した肉棒に熱い視線を這わせながら言った。彼女は、二十《はたち》歳を少し出たぐらいだった。

「え……？　なぜそれを……。まさか、見ていたのですか……」

「ああ、子細はあとで話す。それより半月も牢《ろう》に閉じ込められ、あれこれ女のことを思っただろう」

雪絵は、何もかも知っているようで、茂助は不気味だった。

「しかも半月で出られると思っていたわけではなかろうから、その不安は大きかったろうと思う。してほしいことは何でもしてやるから、言うが良い」

雪絵は、きつい眼差《まなざ》しで見下ろしながら、彼の頬や胸を撫《な》で回した。

乳房は琴江ほど大きくないし、肩や腕の筋肉が逞《たくま》しいが、それでも何とも妖《あや》しい魅力があった。

まして茂助は、自分の人生で、まさか武家女と懇《ねんご》ろになろうなどとは夢にも思っていなかったのだ。

雪絵は剣術の稽古《けいこ》でも終えたばかりなのか、小麦色の肌はほんのり汗ばみ、琴江以上に甘ったるく濃厚な汗の匂いを漂わせていた。

「あ、足を舐めたいです……」

「分かった」

恐る恐る言うと、すぐにも雪絵は頷《うなず》いて立ち上がった。

恐ろしげな武家女に対し、口吸いや陰戸《ほと》を求めたら叱《しか》られるかと思い、つい足と言ったのだが、もちろん茂助自身、女の足は必ず舐めたいと思っていた場所であった。

雪絵は仰向けの茂助の顔の横に立ち、片方の足を浮かせて足裏をそっと彼の顔に乗せてきた。

茂助は、大きく逞しい美女の足裏を顔中に受け止め、生温かな湿り気を感じてうっとりとなった。

さすがに道場の床を踏みしめる踵《かかと》は硬く、頑丈そうな指も太く長かった。

舌を這わせ、土踏まずを舐め回して指の股に鼻を割り込ませると、そこは汗と脂《あぶら》にジットリ湿り、蒸《む》れた匂いが濃く籠もっていた。

茂助は充分に美女の足の匂いを嗅《か》いでから爪先にしゃぶり付き、桜色の爪を噛み、全ての指の股を舐め回した。

「ああ……、心地よい……」

雪絵が、壁に手を突いて身体を支えながらうっとりと喘《あえ》ぎ、やがて彼がしゃぶり尽くすと、足を交代させた。

茂助は、そちらも新鮮な味と匂いを貪《むさぼ》り、足首を摑《つか》んで顔を跨《また》がせた。

「どうか、しゃがんで下さいませ……」

真下から言うと、雪絵もためらいなくしゃがみ込み、厠《かわや》に入ったように彼の鼻先に陰戸を迫らせてきた。

完全にしゃがむと、ただでさえ逞しい脹《ふく》ら脛《はぎ》や太腿がムッチリと張り詰めて量感を増した。

恥毛は楚々《そそ》と茂り、割れ目からはみ出す花びらは、すでにネットリと大量の蜜汁に潤《うる》おっていた。

茂助は、雪絵の股間から発する熱気と湿り気で顔中を包まれながら、陰唇の奥に覗《のぞ》く膣口と、琴江よりずっと大きなオサネを見上げた。

両手で腰を抱き寄せ、柔らかな茂みに鼻を埋め込んで嗅ぐと、やはり甘ったるい濃厚な汗の匂いが鼻腔《びこう》を刺激し、さらに悩ましい残尿臭も入り混じって胸を掻き回してきた。

茂助は、琴江よりずっと野趣溢《あふ》れる濃い体臭に酔いしれながら、舌を這わせていった。

ヌメリはやはり淡い酸味を含み、舌の動きを滑《なめ》らかにさせた。

茂助は息づく膣口の襞を舐め回し、柔肉をたどってオサネまで舐め上げていった。

「アア……」

雪絵がうっとりと喘ぎ、さらにギュッと茂助の鼻と口に股間を押しつけてきた。やはり武家女でも、同じように感じるのだろう。

茂助は舌先で弾くようにオサネを舐め、含んで吸い付いた。

「ああ……、もっと強く……。噛んでも良い……」

次第に雪絵は声を上ずらせ、クネクネと腰を悶《もだ》えさせはじめて言った。

鍛え抜かれた彼女は、痛いぐらいの刺激がちょうど良いのかも知れない。それでも強く嚙むわけにいかないので、茂助はそっとオサネを前歯で挟み、チロチロと舌先で小刻みに愛撫した。

「あうう……、気持ちいい……」

雪絵は呻《うめ》き、トロトロと生温かな蜜汁を漏らし続けた。

茂助はヌメリをすすり、さらに美女の尻の真下に潜り込んでいった。

顔中に、ひんやりとして張り詰めた双丘を受け止め、谷間の蕾《つぼみ》に鼻を埋め込んだ。

年中稽古で力んでいるせいか、蕾はやや枇杷《びわ》の先のように肉を盛り上げ、実に艶《なま》めかしい形状をしていた。

秘めやかな匂いも、琴江に似ているので、やはり町人でも武士でも、同じようなものを出すのだろう。

茂助は武家女の匂いを貪り、舌先で蕾の襞を舐め回し、内部にもヌルッと押し込んで粘膜を味わった。

「く……」

雪絵は呻き、キュッと肛門で彼の舌先を締め付けてきた。

そして充分に舌を蠢《うごめ》かせてから、茂助は再び割れ目に舌を戻し、新たな淫水をすすってオサネを舐め回した。

「も、もう良い……。今度は私が……」

彼女は言って股間を引き離し、そのまま仰向けの茂助の上を移動し、一物《いちもつ》に屈《かが》み込んできた。

先端に舌を這わせ、鈴口《すずぐち》から滲《にじ》む粘液を舐め取り、スッポリと喉の奥まで呑み込んでくれた。

「アア……」

茂助は快感と驚きに声を洩らした。

まさか気位の高い、まして剣術使いの武家女が一物をしゃぶってくれるなど思いもしなかったのだ。

しかし雪絵は厭《いと》わず、深々と頬張って吸い付き、クチュクチュと舌を蠢かせてくれた。一物は、畏《おそ》れ多い快感に震え、唾液にまみれてジワジワと高まってきた。

雪絵は頬をすぼめてチューッと吸い付きながら、スポンと引き抜いた。さらにふぐりにもヌラヌラと舌を這わせ、熱い息を股間に籠もらせた。

「ああ……。ゆ、雪絵様……」

茂助はクネクネと腰をよじり、暴発を堪《こら》えて喘いだ。

さすがに、武家女の口に精汁を放つわけにいかないだろう。

すると雪絵がチュパッと口を引き離し、そのまま身を起こしてきたのだ。

ためらいなく一物に跨がり、自らの唾液にまみれた幹に指を添え、先端を濡れた陰戸に押し当て、茶臼《ちゃうす》（女上位）で腰を沈み込ませた。

張り詰めた亀頭が潜り込むと、あとは滑らかにヌルヌルッと肉襞の摩擦を受けながら、肉棒は根元まで呑み込まれていった。

「あぁッ……！」

雪絵が顔を仰《の》け反《ぞ》らせて喘ぎ、完全に受け入れながら股間を密着させて座り込んできた。

茂助も、きつい締め付けと熱いほどの温もりを感じながら快感に息を詰め、琴江との微妙な違いを味わっていた。

それにしても、何という慌ただしい日々であろう。

江戸へ来たその日に投獄されて半月を過ごし、釈放されたその日に、二人もの女と交わっているのである。

雪絵は上体を反らせたまま熱く息を弾ませ、密着した股間をグリグリと擦《こす》りつけた。

腹の筋肉が妖しくうねり、乳房が艶めかしく息づいていた。

やがて彼女は身を重ねて、茂助の肩に腕を回して顔を起こした。そして彼の口に、自ら乳首を押しつけてきたのだ。

「く……」

茂助は顔中に張りのある膨《ふく》らみを感じながら小さく呻き、コリコリと硬くなった乳首を含んで吸った。

汗ばんで甘ったるい体臭が、悩ましく腋《わき》から漂い、その匂いの刺激が一物に伝わってヒクヒクと震えた。

「アア……、感じる……」

幹の蠢きを感じて雪絵が喘ぎ、もう片方の乳首も含ませた。

茂助は左右の乳首をそれぞれに舐め回し、濃厚な体臭に噎《む》せ返った。

もちろん囚人たちの匂いとは根本的に異なり、もっときつくても美女の匂いなら、いつまでも嗅いでいたかった。

「嚙んで……」

また雪絵が言い、茂助は軽く乳首を前歯に挟んで刺激してやった。

「ああ……、いい気持ち。もっと強く……」

彼女がクネクネと身悶えながら喘ぎ、茂助もやや力を込めて愛撫した。

さらに彼は自分から雪絵の腋の下に顔を埋め込み、ジットリ汗ばんで湿った腋毛に鼻を擦りつけて嗅いだ。

濃厚な匂いに酔いしれ、なおも膣内でヒクヒクと幹を震わせると、とうとう雪絵も緩《ゆる》やかに腰を遣《つか》いはじめた。

二

「アア……、硬い……。奥まで響くわ……」

雪絵が、次第に調子と勢いを付けて腰を動かしながら喘いだ。

茂助も両手を回して下からしがみつき、徐々に股間を突き上げはじめた。

大量の蜜汁が律動を滑らかにさせ、トロトロと溢れたヌメリが茂助のふぐりから内腿までも生温かく濡らし、クチュクチュと湿った摩擦音も淫らに響いてきた。

雪絵が上から顔を迫らせ、ピッタリと唇を重ねてきた。

柔らかな感触が密着し、熱く湿り気ある息が、花粉のような甘さを含んで鼻腔を刺激してきた。

「ンン……」

雪絵が熱く鼻を鳴らし、ヌルリと長い舌を潜り込ませ、彼の口の中を隅々まで舐め回してきた。

茂助も美女の蠢く舌を舐め回し、滑らかな感触と生温かな唾液を味わい、甘い吐息に酔いしれた。しかも彼女が下向きだから、舌を伝ってトロリとした唾液が注がれてくるのだ。

うっとりと飲み込むと、雪絵もことさら多めに吐き出してくれ、茂助は美女の小泡の多い唾液で心ゆくまで喉を潤した。

さらに雪絵が息を弾ませ、彼の鼻の穴から頬、鼻筋や瞼《まぶた》まで舐め回すと、顔中がヌルヌルにまみれた。

「い、いきそう……」

茂助は美女の唾液と吐息の匂いに包まれ、股間を突き上げながら許しを乞うように囁《ささや》いた。

やはり勝手にいくと叱られるような気がしたのだ。

「私もいく……。いっぱい出して……」

すると雪絵も充分に高まっていたか、声を上ずらせて答え、たちまちガクンガクンと狂おしい痙攣《けいれん》を開始した。どうやら彼女の方が、一足先に気を遣《や》ってしまったようだ。

「き、気持ちいい……。アアッ……！」

雪絵が口走り、激しく身悶えた。

続いて茂助も、膣内の艶めかしい蠢動《しゅんどう》に巻き込まれ、大きな絶頂の快感に全身を貫かれてしまった。

「く……！」

ありったけの精汁を内部にほとばしらせて呻くと、

「あう、気持ちいいッ……！」

噴出を感じ、雪絵が駄目押しの快感を得たように呻き、キュッときつく締め上げてきた。

茂助は心ゆくまで快感を嚙み締め、最後の一滴まで出し尽くした。

そして、すっかり満足しながら徐々に突き上げを弱めていくと、

「ああ……、良かった……」

雪絵も満足げに声を洩らし、全身の硬直を解いてグッタリと彼にもたれかかってきた。

まだ膣内はキュッキュッと名残惜《なごりお》しげな収縮を繰り返し、刺激された肉棒がヒクヒクと過敏に反応した。

茂助は荒い呼吸を繰り返し、美しい武芸者の熱く甘い息を嗅ぎながら、うっとりと快感の余韻を噛み締めた。

やがて雪絵が呼吸を整え、そろそろと股間を引き離した。

「井戸端で流そう」

促され、茂助も起き上がった。

懐紙《かいし》で始末することもなく、二人で全裸のまま勝手口から外へ出て、井戸端で身体を洗い流した。

そこは行水も出来るように葦簀《よしず》が立てかけられ、垣根の外を通る人からは見られないようになっている。それに夜ともなれば、裏路地を通る人など誰もいなかった。

ふと茂助は、思い切って願望を口にしてみた。

「あ、あの、ゆばりの出るところを見せて頂けませんか……」

簀《す》の子《こ》に座ったまま言うと、雪絵も彼の前に立って股間を近づけてくれた。

「そのようなところが見たいのか」

「ええ、牢の中で、女はどんなふうにゆばりを放つのだろうかとやけに気になってしまい……」

「そう、男だけの牢内だと、女のことばかり考えるのだろうな。良い、見せてやる」

雪絵は男言葉で言い、息を詰めて下腹に力を入れはじめた。しかもご丁寧に股間を突き出し、自ら指で陰唇を広げてくれたのだ。

割れ目に顔を埋めると、もう残念ながら茂みに籠もっていた体臭も、洗い流されて薄まっていた。

しかし舌を這わせると、淡い酸味のヌメリが新たに溢れてきた。

そして柔肉が迫《せ》り出すように盛り上がると、急に温もりが増し、味わいが変化してきた。

「あう……、出る……」

雪絵が短く言うなり、チョロチョロと温かな流れがほとばしってきた。

茂助は夢中で口に受け、温もりと味を嚙み締めた。味も匂いも薄く、何の抵抗もなく飲み込むことが出来た。

「アア……」

雪絵が喘ぎ、片手を彼の頭に乗せ、股間に押しつけるようにしながら放尿を続けた。勢いが増すと、口から溢れた分が胸から腹に伝い、また回復しはじめた一物を温かく浸した。

やがて勢いが弱まり、流れは治まってしまった。

あとはポタポタと滴《したた》る雫《しずく》をすすり、茂助は割れ目内部を舐め回した。

すると、また新たな淫水が残尿を洗い流すように溢れ、淡い酸味が満ちてきた。

完全に出し切ると雪絵は股間を引き離し、もう一度互いの身体を洗い流してから、身体を拭いて全裸のまま部屋へ戻っていった。

「また勃ってきたようだが、もう眠いだろう。構わぬから休んで、話は明日にしよう」

「泊めて頂けるのですか……」

「ああ、一緒に寝よう」

言われて、全裸のまま二人は添い寝し、掻巻《かいまき》を掛けた。

確かに疲労が溜まり、瞼が重くなってきていた。今朝までは牢内で、ろくに手足を伸ばして眠っていないのだ。

それが今は、柔らかな布団に横たわり、美女の腕枕で寝ているのである。

「何だか、本当にこのまま眠ってしまいそうです……」

「構わぬ。私も寝る」

「腕が痺《しび》れませんか……」

「そんな、やわではない。朝までこうしていよう」

雪絵に言われると、茂助も遠慮なく彼女の胸に顔を埋め、腕枕に頭の重みを掛けた。

温もりが優しく心地よく、息を吸うたびに雪絵の甘い息が胸に沁み込んできた。

昨夜とは段違いで、これほど心地よい眠りが今まであっただろうかと彼は思った。

そして目を閉じると、たちまち茂助は眠りに落ち込んでいった。

しかし、すぐにビクリと身を震わせて目を覚ました。

「どうした……。牢内の夢でも見たか……」

目の前に雪絵の顔があり、彼女は眠そうに言った。

「済みません……。油断すると、目覚める癖が付いてしまい……」

「可哀想に。もう何の心配も要らぬぞ。今度こそゆっくり眠るが良い」

甘い囁きに安心し、茂助は再び眠り込み、今度はぐっすりと朝まで眠ることが出来たのだった……。

——眼が覚めると、隣に雪絵の姿はなく、厨《くりや》から朝餉《あさげ》の仕度をする物音が聞こえ、味噌汁《みそしる》の匂いが漂ってきた。

(そうか……。雪絵様の家か……)

茂助は思い、全裸のまま身を起こした。そして自分の下帯と着物を着け、厨に挨拶《あいさつ》に行った。

「お早うございます」

「ああ、すぐ仕度が出来るから顔を洗え」

言うと、甲斐甲斐《かいがい》しい襷掛《たすきが》けの雪絵が答えた。女らしく、しっかり炊事《すいじ》していた。

茂助は外に出て井戸端で顔を洗い、借りた房楊枝《ふさようじ》で歯を磨いた。

もう刻限は六つ半(午前七時頃)で、今日も爽《さわ》やかな五月晴《さつきば》れだった。

そして厠を借り、厨に戻ると朝餉の仕度が調《ととの》っていた。炊《た》きたての飯に干物に漬け物に浅蜊《あさり》の味噌汁だ。

一緒に食事を済ませ、洗い物を済ませると、雪絵が茶を淹《い》れてくれ、二人して座敷で休憩した。

「では、お話し下さいませ。なぜ私をご存じで、琴江さんとのことも探っていたのか」

茂助が言うと、そのとき戸口の開く音がした。

「ああ、ちょうど良い。私より、この男が説明する」

雪絵が言うと、襖《ふすま》が開いて一人の男が入ってきた。

見上げて、茂助は目を丸くした。それは昨日、彼が診《み》てもらった医師、鉄丸源之助だったのである。

三

「な、なぜ、ここに先生が……」

茂助が驚いて言うと、源之助は悠然《ゆうぜん》と座り、雪絵は彼にも茶を淹れた。

「ああ、驚かせて済まなかった。私は医師の鉄丸源之助というのは表稼業で、裏稼業では鉄魔羅《てつまら》の源と異名を取っている手籠《てご》め人《にん》なのだよ」

「手籠め人……」

茂助は、初めて聞いた稼業の名に、何やら淫猥《いんわい》な響きを感じた。

「そう、金をもらって女を手籠めにする稼業さ」

「そんな仕事があるのですか、この江戸には……」

茂助は目を丸くし、この人の良さそうな源之助と、平然としている雪絵の顔を見比べた。

「実は、両替屋の嘉平さんから、私は依頼を受けていたのだよ」

「え……？　そ、それは、どういう……」

茂助は、いきなり出てきた琴江の亡夫の名に混乱を隠せなかった。

「あの琴江さんというのは実に多情な人でね、嘉平さんだけでは満足できなかったようだ。それで、琴江さんはかつて出入りしていた魚屋だった佐吉と懇ろになってしまった」

「さ、佐吉と……？」

驚きの連続に、茂助は頭の中を整理しながら話を聞いた。

「佐吉というのは喧嘩《けんか》っ早い男で、年中酔ってはつまらぬいざこざを起こしていた。目尻の傷も、そんな喧嘩で付けられたものだが、とうとう魚屋を追い出されて遊び人になっていた」

「………」

「それでも、佐吉の一物は相当に良かったのだろう。嘉平の目を盗んでは、琴江さんは奴を招き、情交しては小遣いを渡していた。それを嘉平さんが知ったのだ」

「それで……」

「ああ、それを知っても婿養子《むこようし》の立場では、嘉平も琴江さんに強いことが言えない。それで、せめて悪い佐吉と別れさせるよう、もっと彼女を悦《よろこ》ばせる手籠め人に依頼したのだ」

源之助の話は、茂助の常識を遥かに超えたものであった。

嘉平は、自分一人で琴江の欲望を満足させられなかった。しかし琴江が選んだ佐吉は遊び人で、何とも剣呑《けんのん》な男だから別れさせたい。そこまでは何とか茂助にも理解できる。

しかし嘉平は、別れさせる手段として、佐吉よりも情交の上手《うま》い手籠め人に妻を抱かせて夢中にさせ、佐吉と手を切らせようとしたのだ。

さすがに茂助はその発想にはついてゆけなかった。

「では、先生が琴江さんを……？」

「段取りとしては、私が琴江さんを犯してでも夢中にさせて何度か会い、一方で雪絵さんが佐吉を脅し、両替屋から遠ざけるつもりだった」

「それで、先生は琴江さんとしたのですか」

「いや、嘉平が私の家に依頼に来て、金を置いて両替屋へ戻ったとき、佐吉と鉢合わせして、刺されてしまったのだ」

「で、では、そのときに私もそこに居合わせて……」

茂助は偶然の経緯《いきさつ》に声を震わせた。

「そうだ。琴江さんは混乱の中、無意識に佐吉を庇《かば》いたかったのだろう。それで、たまたま現れたお前を下手人《げしゅにん》だと咄嗟《とっさ》に証言してしまったのだ」

「そんな……」

茂助は肩を落とした。最初から琴江は、茂助が下手人ではないと分かっていたのだった。

「依頼主は死んでしまったが、金はもらっている。私も仕事を請け負った以上やらなければならなかったが、知っての通り殺しがあったのだから店も混乱し、役人の出入りもあったから静観するしかなかった」

源之助が話を続けた。

「さすがに琴江さんも意気消沈して店を閉め、佐吉は行方をくらましてしまった。私は、依頼された金をどう返そうか迷っているうち半月経ち、佐吉が捕まったと読売《よみうり》で知った」

「そして私が牢を出て、先生の許に……」

「ああ、私もお前から経緯を聞いて驚いた」

「それで、何かあれば相談しろとご親切に言って下さったのですね」

「うん、それだけではない。お前の身体を診たとき、一物がたいそう立派なことを知った。そして半月間の牢暮らしで淫気は満々、しかも琴江さんへの恨みもある。これは事を起こすなと思った」

「では、私が何をするか様子を……」

「私は武芸者ではないから、気配を消すことなど出来ない。そこで雪絵さんに探るよう頼んだ」

「そうでしたか……」

茂助が言うと、今度は雪絵が口を開いた。

「琴江を犯すまでなら良い。もし殺そうなどとするようなら止めようと思いながら覗いていた。もっとも犯すどころか、すっかり琴江に導かれて筆おろししたようだが」

「はあ……」

茂助は見られていた羞恥とともに、またムズムズと股間が熱くなってきてしまった。

「だが琴江は充分に満足したようだし、お前が、殊《こと》の外《ほか》淫気の強い男だということも分かった。そこで源之助に相談したところ、仲間に引き入れられぬものかという話になった」

「わ、私を仲間に……？」

茂助が顔を上げて言うと、今度は源之助が答えた。

「依頼が多いので、もう一人ぐらい増やそうと思っていた。淫気が強く、信用できる男を」

「私が、手籠め人に……」

「むろん再開した両替屋に奉公しながらで良い。どんな女でも抱く自信はあるだろう」

「は、はい……。牢内を思えば、女なら誰でも……」

「よし、決まった。では、これは嘉平から依頼された金だ。琴江さんを満足させたのだから、お前の取り分をやる」

源之助が、懐中から三両出して茂助に手渡してきた。

「こんなに……」

ためらいがちに受け取りながら、茂助は奉行や琴江にもらった金も合わせ、急に裕福になってきたことに驚いていた。

どうやら依頼料は五両。元締めが一両、執行人が三両。協力した残りの二人が二分ずつ、というような取り決めになっているようだ。

「では元締めに引き合わせよう。当面の住まいも相談すると良い」

源之助が立ち上がって言い、茂助も従った。雪絵は、間もなく門弟たちが来るようだから道場に残った。

「元締めというのは、恐い方ですか。掟《おきて》を破ると殺されるとか……」

歩きながら、茂助は不安になって源之助に訊《き》いた。

「あはは、恐い人じゃない。琴江さんより年季の入った、三十半ば過ぎの綺麗な後家だよ。お美津《みつ》さんと言い、お民《たみ》ちゃんと言う十八になる可愛い娘さんもいる」

「母娘《おやこ》の二人なのですか」

「うん、越中屋《えっちゅうや》という薬種問屋をして、うちの大家でもあり、私の先代から医師と手籠め人の両方で世話になっていた。掟はただ一つ、口外法度《はっと》だけだ」

「ええ、もちろん誰にも言いませんし、話す相手もいません」

「ああ、それで良い」

源之助は答え、やがて一軒の薬種問屋に入っていった。そこは、彼の家からほど近い場所にあった。

茂助と同い年らしい、可憐《かれん》な少女が出迎え、奥へ通してくれた。これが民だろう。白桃《はくとう》のような頬に、笑窪《えくぼ》が何とも愛らしかった。

座敷に入ると、すぐに美津が出てきて茂助を見つめた。

「越中屋の美津です」

「下総から出てきました、茂助と申します」

言われて茂助は辞儀をして答え、艶めかしい美形に安心し、淫気も催《もよお》した。

この美女が、手籠め人の元締めで、全てを把握《はあく》しているのだ。恐らく茂助の一物はどうだろうとか、いろいろ値踏みしているのだろう。

「楽にして下さい。源さんが連れてきたのだから大丈夫でしょう。心配ありませんね」

美津は言い、長火鉢の鉄瓶《てつびん》から皆に茶を淹れてくれた。

四

「ここです。回りは独り者の職人や通いの奉公人ばかりです」

民が、茂助を長屋に案内してくれながら言った。

美津が、近くの長屋を斡旋《あっせん》してくれたのだ。

神田の外れにある古い長屋だが、土間と四畳半だけでも、一人ならちょうど良かった。

途中で一緒に買い揃えてきた鍋釜や食器などを置き、民も手伝ってくれ、井戸の水を汲《く》んで水瓶《みずがめ》を満たした。塩や醤油、味噌などはあとで買いに出れば良いだろう。

すると、途中で頼んでおいた布団も届けられた。これで自分の城が持て、牢に比べれば極楽のような暮らしが出来るだろう。

「こんな柔らかな布団なら、もう、うなされることもないな……」

「本当にお疲れ様でした。きっとこれから、ご苦労が報われますよ」

茂助が呟《つぶや》くと、民も愛くるしい顔を向けて言ってくれた。

「ええ、どうも有難う」

「あの、脱いで下さい。どうか私を好きに」

「え……？」

可憐な美少女にいきなり言われ、茂助は面食らった。

元締めの娘だから、情交を試すよう美津に言われてきたのだろうか。

「お、お民さんは、決まった人とかは……」

「いちおう源さんの許婚《いいなずけ》のようなものだけれど、まだ祝言《しゅうげん》も挙げていないから構いません」

民は言い、くるくると手早く帯を解き、着物を脱ぎはじめてしまった。

（うわ……、いいんだろうか……）

みるみる健《すこ》やかそうな肌を露《あら》わにしてゆく民を見て、茂助は混乱した。

艶《つや》っぽい美津を魅力的と思った矢先に、その娘に触れられるなど夢のようだった。もちろん茂助も激しい興奮に股間を熱くし、やがて意を決して脱いでいった。

一糸《いっし》まとわぬ姿になった民が、布団に仰向けになると、やはり全裸の茂助は傍《かたわ》らに座って見下ろした。

民は物怖《ものお》じもせず、笑みを含んだ大きな目を彼に向けている。

小麦色の肌はどこもムチムチと張りがあり、乳房も思っていた以上に大きいが、乳首と乳輪は初々《ういうい》しい薄桃色をして息づいていた。

股間の翳《かげ》りは淡く、ほんのひとつまみほど楚々と煙っているだけだ。

そして今まで着物の内に籠もっていた熱気が、甘ったるい匂いを含んでユラユラと立ち昇っていた。

入ったばかりの自分の城に、たちまち美少女の体臭が立ち籠めはじめ、茂助も激しく欲情して添い寝していった。

真っ先に、腕枕してもらうように顔を埋め、民の腋の下に鼻を押しつけた。

「あん、そこから……？」

民が小さく言い、くすぐったそうに身を強《こわ》ばらせた。

茂助は、和毛《にこげ》に鼻を擦りつけ、生ぬるく甘ったるい汗の匂いを貪り、美少女の体臭でうっとりと胸を満たした。

そして膨らみに手のひらを這わせ、コリコリと硬くなってきた乳首を指の腹でいじり、徐々に顔を移動させていった。

可愛い乳首に吸い付き、舌で転がすと、

「あぁッ……！」

民がすぐにも喘ぎ、クネクネと身悶えはじめた。

茂助は顔中を張りのある膨らみに押しつけて舐め回し、もう片方の乳首も含んで味わった。

腋から漂う汗の匂いばかりでなく、民の口から洩れる吐息は何とも甘酸っぱい芳香だった。

茂助は、後家や女武芸者とは違う、少女の匂いに陶然《とうぜん》となった。

そして左右の乳首を心ゆくまで味わうと、滑らかな肌を舐め下り、愛らしい臍《へそ》を舐め、張りのある下腹に顔を押しつけた。

さらに腰からムッチリした太腿へ下り、脚を舐め下りていった。

足首まで行くと、彼は足裏に舌を這わせ、指の股に鼻を割り込ませた。

やはり指の間は汗と脂に生ぬるく湿り、ムレムレの匂いが籠もっていた。

茂助は美少女の足の匂いを貪り、爪先にしゃぶり付いて順々に指の股に舌を潜り込ませた。

「あん……、くすぐったいわ……」

民がビクッと脚を震わせて喘ぎ、彼の口の中で爪先を縮めた。

恐らく彼女は、まだ源之助しか知らないのだろう。源之助の愛撫がどのようなものか分からないが、民は元々感じやすいようだった。

やがて茂助は、美少女の両足とも味と匂いが薄れるまで堪能し、うつ伏せになってもらった。

踵から脹ら脛を舐め上げ、汗ばんだヒカガミを舐め、太腿から尻の丸みをたどっていった。

腰から滑らかな背中を舐めると、うっすらと汗の味がした。

肩まで行ってうなじを舐めると、髪の香油に混じり、まだ乳臭いような匂いが感じられた。

耳の裏側も嗅いで舌を這わせ、そっと耳たぶを吸い、また首筋から背中を下降していった。

脇腹に寄り道して尻に戻ると、うつ伏せのまま股を開かせ、茂助は真ん中に腹這って顔を寄せた。両の親指でムッチリと谷間を広げると、奥には薄桃色の蕾がひっそり閉じられていた。

鼻を埋め込むと、顔中に双丘が密着し、蕾に籠もる秘めやかな匂いが鼻腔を刺激してきた。茂助は美少女の恥ずかしい匂いを貪り、舌を這い回らせ、細かな襞を舐めた。

単に排泄するだけの穴が、どうしてこんなにも可憐なのか不思議だった。

充分に舐めて濡らしてから、茂助は舌先をヌルッと潜り込ませ、滑らかな粘膜も味わった。

「あう……」

民は顔を伏せたまま呻き、クネクネと尻を動かしながら、肛門で彼の舌先をモグモグと締め付けてきた。

茂助は舌が疲れるほど蠢かしてから、ようやく顔を上げ、再び民を仰向けにさせていった。片方の脚をくぐり、股間に顔を寄せると、そこには熱気と湿り気が籠もっていた。

割れ目からは可憐な花びらがはみ出し、大量の蜜にまみれていた。

指を当てて広げると、細かな襞の入り組む膣口が息づき、尿口も見え、光沢あるオサネも包皮の下から顔を覗かせていた。

彼は顔を埋め込み、柔らかな若草に鼻を擦りつけ、隅々に籠もる汗とゆばりの匂いで鼻腔を満たした。

舌を這わせると、やはりヌメリには淡い酸味が感じられ、彼は膣口を探り、オサネまで舐め上げていった。

「アア……、いい気持ち……」

民が身を弓なりに反らせて喘ぎ、内腿でキュッときつく茂助の両頰を挟み付けてきた。

茂助も腰を抱え、執拗《しつよう》にオサネを舐め回しては、新たに溢れてくる淫水をすすった。舐めながら目を上げると、白い下腹がヒクヒクと波打ち、息づく乳房の間から、美少女の仰け反る表情が見えた。

やはり同い年だと、後家や女丈夫《じょじょうふ》と違って気後《きおく》れも少なく、感じさせて楽しむ余裕が出てきた。

オサネを舐めながらそっと指を膣口に当て、ヌメリを与えて潜り込ませると、温かな内部に滑らかに入っていった。

指の腹で側面を小刻みに摩擦し、天井も圧迫するようにいじりながらオサネを愛撫すると、粗相《そそう》したかと思えるほど大量の蜜汁が溢れてきた。

「ああ……、ダメ、いきそう……。今度は私が……」

民が声を上ずらせて言い、懸命に身を起こしてきた。

茂助も顔を上げ、股間から身を離して横たわっていった。翻弄《ほんろう》するのも楽しいが、受け身になって美少女の愛撫に感じたかった。

仰向けになると民は、一物を可愛がってくれるのかと思ったが、違った。

彼女は、茂助の耳たぶにそっと歯を立て、首筋を舐め下りていったのだ。

「ああ……」

思わず茂助は喘いだ。首筋に息がかかるだけでも、ゾクリと震えが走るほどの快感だった。

そして民は彼の乳首にチュッと吸い付き、熱い息で肌をくすぐりながら舌を這わせ、軽く嚙んでくれた。

「アア……、気持ちいい……。もっと強く……」

茂助はクネクネと悶えながらせがんでいた。自分の耳や首筋、乳首が感じるというのも新鮮な発見であった。

民は茂助の左右の乳首を交互に舐め、歯で刺激し、さらに腹を舐め下りていった。

彼を大股開きにさせると真ん中に腹這い、内腿を舐め上げ、時に歯を食い込ませ、中心部に迫ってきた。茂助は一物に触れられなくても、激しく勃起した肉棒を震わせ、期待に身悶えていた。

五

「こうして……」

民が股間から可愛い声で言い、茂助の脚を浮かせてきた。

彼も素直に従い、浮かせた両脚を抱えると、民は肛門に舌を這わせはじめてくれたのだ。

「あう……」

茂助は妖しい快感に呻き、申し訳ないような気持ちに包まれた。

何しろ、美少女のもっとも清潔な舌先が、チロチロと肛門を舐め回しているのだ。

しかし民は厭わず念入りに舌を這わせ、自分がされたように、充分に唾液に濡れた肛門にヌルッと舌先を潜り込ませてきた。

「く……！」

茂助は快感に呻き、美少女の舌を味わうようにモグモグと肛門できつく締め付けた。民も、少しでも奥まで潜り込ませるように押しつけ、熱い鼻息でふぐりをくすぐってきた。

一物が、まるで内側から操《あやつ》られるようヒクヒクと上下した。

すると、ようやく民が舌を引き抜き、彼の脚を下ろしてふぐりにしゃぶり付いてきた。

どうやら民は、源之助の仕込みを受けているのか、あるいは美津の血筋を引いて淫らなことが好きで堪《たま》らぬ性分なのか、もっとも可憐で清らかなのに、誰よりも多くの技と貪欲《どんよく》さを持っているようだった。

「ああ……」

ふぐりを念入りに舐め回され、舌で二つの睾丸を転がされながら茂助は激しく喘いだ。そして民は、袋全体を生温かな唾液にまみれさせると、いよいよ肉棒の裏側を舐め上げてきた。

舌先でペローリと裏筋を舐め、先端に達するとチロチロと鈴口を舐め回し、滲む粘液をすすってくれた。

そして円を描くように、徐々に張り詰めた亀頭も舐め、やがて小さな口を精いっぱい丸く開いて呑み込み、そのままスッポリと喉の奥まで含んできたのだった。

「アア……、気持ちいい……」

茂助は、美少女の温かく濡れた口の中に根元まで呑み込まれ、溶けてしまいそうな快感に喘いだ。

深々と頬張ると、熱い鼻息が恥毛に籠もり、民は笑窪の浮かぶ頬をすぼめて吸い付き、内部では舌がクチュクチュと蠢いた。

たちまち一物は美少女の清らかな唾液にまみれて震え、茂助は我慢できなくなってきてしまった。

すると民が引き抜いて、チュパッと軽やかに口を離した。

「入れてもいいですか」

「うん、どうか上から……」

民が訊くので、茂助は幹を震わせて答えた。

すると彼女も、すぐに身を起こして彼の股間に跨がってきた。

先端を濡れた陰戸に押し当て、民は息を詰めてゆっくり腰を沈み込ませていった。

張り詰めた亀頭が潜り込むと、あとは大量の潤いと重みに任せ、彼女はヌルヌルッと受け入れながら座り込んだ。

「あう……、奥まで届くわ……」

民がペタリと座り込み、股間を密着させながら呻いた。

茂助も熱く濡れた柔肉にキュッと締め付けられ、暴発を堪えながら温もりと感触を嚙み締めた。

やがて両手を伸ばすと、民もゆっくりと身を重ね、彼はしっかりと抱き留めた。僅《わず》かに両膝を立てると、嵌《は》まり込んだ局部だけでなく、内腿や尻の感触も伝わってきた。

茂助は、下から彼女の顔を抱き寄せて唇を求めた。民も、上からピッタリと唇を重ねてくれた。

ぷっくりした唇の弾力と湿り気が伝わり、甘酸っぱい果実臭の息が悩ましく鼻腔を刺激してきた。

舌を挿《さ》し入れ、愛らしい歯並びを舐め回すと、民も口を開いて舌をからみつけてくれた。

美少女の口の中は、さらにかぐわしい熱気が満ち、茂助は民の口の匂いだけで果てそうなほど高まってしまった。

滑らかに蠢く舌も、嚙み切って食べてしまいたいほど柔らかく、トロリとした生温かな唾液にたっぷり濡れていた。

「ね、もっと唾《つば》を出して……」

唇を触れ合わせたまま囁くと、民も懸命に唾液を分泌させ、トロトロと口移しに注ぎ込んでくれた。彼は、生温かく小泡の多い粘液を味わって飲み込み、うっとりと喉を潤して酔いしれた。

さらに彼女の口に鼻を潜り込ませて嗅ぐと、民もチロチロと可憐な舌で鼻の穴を舐めてくれ、徐々に腰も遣いはじめた。

「顔中も舐めて……」

言うと民は、可憐な舌を精一杯伸ばして茂助の鼻筋から頬を滑らかに舐め回し、清らかな唾液で顔中ヌルヌルにまみれさせてくれた。

「噛んで……」

さらにせがむと、民は綺麗な歯並びで彼の頬をモグモグと甘く噛んでくれ、茂助は美少女に食べられているような快感に高まった。

民は腰を動かしながら、彼の左右の頬から耳たぶも噛んでくれ、大量の淫水を漏らしてきた。

やがて彼は甘酸っぱい匂いで鼻腔も胸も満たしながら、動きに合わせて股間を突き上げていった。

「アア……、いい気持ち……。もっと……」

民が喘ぎ、徐々に動きに勢いを付けていった。

大量に溢れる蜜汁が律動を滑らかにさせ、ピチャクチャと淫らに湿った摩擦音も響いてきた。

茂助も、いったん動くとあまりの快感に止めようがなくなり、次第にぶつけるように股間を突き上げ、高まっていった。

「い、いきそう……」

民も声を上ずらせて口走り、キュッキュッときつく膣内を締め付けてきた。

なおも茂助が動き続けると、とうとう民がガクンガクンと狂おしい痙攣を開始し、膣内の収縮も高めた。

「いく……。アアーッ……！」

激しく気を遣りながら民が喘ぐと、続いて茂助も大きな絶頂の渦に巻き込まれてしまった。

「く……！」

突き上がる快感に呻きながら、ありったけの熱い精汁をドクンドクンと勢いよく内部にほとばしらせると、

「あう……、感じる……」

民が、噴出を受け止めて呻き、飲み込むようにキュッと締め付けてきた。

それはまるで、歯のない口に含まれて、舌鼓《したつづみ》でも打たれているような快感だった。

茂助はしがみつきながら彼女の上半身を押さえつけ、股間をぶつけるようにズンズンと突き動かしながら快感を嚙み締め、最後の一滴まで心置きなく出し尽くした。

ようやく満足し、徐々に動きを弱めて力を抜いていくと、

「ああ……」

民も声を洩らし、グッタリと彼に身体を預けてきた。

良く締まる膣内が、まだキュッキュッと収縮を繰り返し、すっかり満足している一物が刺激されてヒクヒクと震えた。

茂助は美少女の重みと温もりを受け止め、甘酸っぱい果実臭の息を間近に嗅ぎながら、うっとりと快感の余韻を味わったのだった。

「すごいわ、まだ勃ってる……」

重なったまま民が、彼の耳元で熱い呼吸を繰り返しながら言った。

やがて民が呼吸を整え、そろそろと股間を引き離した。

そして身を起こすと、懐紙で手早く陰戸を拭《ぬぐ》い、濡れた一物も丁寧に包み込んで拭き清めてくれた。さらに舌を伸ばし、チロリと鈴口の雫を舐め取ってくれた。

その刺激に、ピクンと幹が跳ね上がった。

「有難う……」

茂助は、後始末と快楽の両方に礼を言って、ようやく自分も起き上がって身繕《みづくろ》いをした。

まだまだ淫気は去らず、もう一回ぐらいしたいところだが、そろそろ民も薬種問屋に帰らないとならないだろう。

互いに身繕いを終えると、少し休憩し、茂助は民を送りがてら一緒に長屋を出た。

彼女と別れてから、茂助は食材などの買い物をした。

そしてようやく、なに不自由ない暮らしの出来る、自分の城に戻ってきたのだった。

第三章　白き熟れ肌は熱く悶《もだ》え

一

「早速だけれど、依頼を受けて下さいな」

茂助が湯屋から戻ると、間もなく美津が来て言った。

「はい、どのような」

「お話の前に、いろいろな形を覚えて頂きます」

美津が立ち上がり、手早く帯を解きはじめたのだ。

「え……？」

「さあ、茂助さんも脱いで下さいませ」

言われて、茂助は急激な淫気に見舞われながら、胸を高鳴らせて脱ぎはじめた。

まさか、民としたあとすぐ、その母親である美津と情交出来るとは夢にも思わなかった。

布団は敷きっぱなしである。たちまち一糸《いっし》まとわぬ姿になった美津が横たわり、熟れ肌を余すところなく晒《さら》した。

乳房は実に豊かで、ぷりぷりと弾むように息づいていた。腰も豊満な線を描き、股間の茂みも情熱的に濃く、白い脚もムッチリと肉づきが良くて艶《なま》めかしかった。

「じゃ、まずは好きなように入れて下さいな」

「そ、その前に舐めたいのですが……」

いきなり入れたらすぐ終わってしまうので、その前にあれこれしたくて、茂助は慌てて言った。

「ええ、ではお好きに」

美津も言ってくれ、茂助は安心して彼女に迫った。

あるいは美津も、彼の手並みを見るため、いろいろと試しているのかも知れない。

すでに民を抱いてしまったことを知っているかも知れないが、ここはやはり自分で試したいのだろう。

茂助は真っ先に、彼女の足裏に顔を押しつけていった。

女の足はなぜか魅力的で、好きなようにと言われると、まずそこを舐めたい衝動に駆られるのである。

踵《かかと》から土踏まずを舐めると、美津は驚きもせず、じっと身を投げ出してくれていた。

茂助は指の間に鼻を押しつけ、ほんのりと汗と脂《あぶら》に湿って蒸《む》れた匂いを嗅《か》いで、爪先にしゃぶり付いた。

「あう……」

指の股に舌を割り込ませると、美津が小さく呻《うめ》き、彼の口の中で爪先を縮めた。悠然《ゆうぜん》としているようでも、やはり三十半ば過ぎの後家の肌は感じやすいのだろう。

彼は全ての指の間を貪《むさぼ》り、もう片方の足にもしゃぶり付き、味と匂いを心ゆくまで堪能した。

そして脚の内側を舐め上げながら顔を進め、股間に迫っていった。

美津も両膝を開いて彼の顔を受け入れ、徐々に興奮と快感を高めたように、白い下腹をヒクヒクと波打たせた。

ムッチリとした張りと量感のある内腿をたどり、茂助は陰戸《ほと》に近づいた。

悩ましい匂いを含んだ熱気と湿り気が顔中を包み込み、目を凝《こ》らすと、肉づきが良く丸みを帯びた割れ目からはみ出す陰唇が、興奮に色づいてヌメヌメと熱く潤《うるお》っていた。

指で広げると、かつて民が生まれ出てきた膣口が、白っぽい粘液を滲《にじ》ませて息づいていた。オサネもツヤツヤと光沢を放ち、包皮を押し上げるように突き立っていた。

茂助は顔を埋《うず》め込み、柔らかな茂みに鼻を擦《こす》りつけた。

隅々には生ぬるく甘ったるい汗の匂いが馥郁《ふくいく》と籠もり、ほのかな残尿臭も悩ましく鼻腔《びこう》を刺激してきた。

美女の熟れた体臭を胸いっぱいに嗅ぎ、茂助は舌を這わせ、淡い酸味のヌメリをすすりながらオサネに吸い付いた。

「アアッ……、いい気持ち……」

美津がビクッと顔を仰《の》け反《ぞ》らせて喘《あえ》ぎ、内腿でキュッときつく彼の顔を挟み付けてきた。

茂助は執拗《しつよう》にオサネを舐め回し、もちろん腰を浮かせ、尻の谷間にも鼻先を潜り込ませていった。

細かに震える襞に鼻を押しつけ、汗の匂いに混じって蒸れた微香を嗅ぎ、舌を這わせてからヌルッと潜り込ませた。

「あう……」

美津が呻き、キュッと肛門で舌先を締め付けてきた。

すると陰戸から溢《あふ》れる大量の淫水が、肛門の方にまで伝い流れてきた。

それを舐め取りながら舌を陰戸に戻し、再びオサネに吸い付いた。

「も、もう充分……」

美津が声を上ずらせて言い、彼の顔を股間から追い出した。

そして自分はうつ伏せになり、四つん這いになって尻を高く持ち上げ、彼の方に突き出してきたのだ。

どうやら最初は後ろ取り（後背位）かららしい。

茂助は膝を突いて身を起こし、白く豊満な尻に股間を迫らせていった。

後ろから先端を濡れた膣口に押し当て、ゆっくり挿入した。

張り詰めた亀頭が潜り込むと、あとは大量のヌメリに合わせ、ヌルヌルッと滑《なめ》らかに根元まで吸い込まれていった。

「アアッ……！」

肉襞の摩擦も、普段と向きが違い微妙に異なっているようだ。

深々と押し込むと、美津が顔を伏せて喘ぎ、キュッと締め付けてきた。

尻だけ高く突き出した無防備な美女に入れるのは、何とも言えない征服感が心地よく満たされるものだった。

しかも強く押しつけると、下腹部に白く豊かな尻の丸みが当たって弾んだ。

茂助は美津の背に覆《おお》いかぶさり、両脇から手を回し、たわわに揺れる乳房をわし摑《づか》みにした。

「ああ……、いい気持ち……」

美津がキュッキュッと締め付けて喘ぎ、尻を前後に動かしてきた。

茂助も合わせて腰を遣《つか》い、何とも心地よい摩擦に包まれた。

揺れてぶつかるふぐりまで蜜汁にネットリとまみれ、ヒタヒタと淫らな音が響いた。

「まだいかないで……。今度は松葉くずしを……」

美津が言い、ゆっくりと横向きになっていった。

茂助も身を起こし、挿入したまま彼女の下の脚に跨《また》がり、上の脚に両手でしがみついた。

互いの股間が交差したため、密着感が高まり、触れ合う内腿も実に心地よかった。

腰を突き動かすと、互いの局部が吸い付き合うようだ。しかもうつ伏せと違い、艶めかしく喘ぐ彼女の表情が観察できた。

「いいわ……。次は本手《ほんて》（正常位）で……」

美津が喘ぎながら言い、ゆっくりと仰向けになった。

茂助も抜けないよう股間を押しつけながら体位を変えてゆき、ようやく大股開きになった美津の股間に陣取り、身を重ねていった。

「アア……」

美津が熱く声を洩らし、両手を回してきた。

肌を押しつけると、胸の下で乳房が柔らかく弾み、恥毛が擦れ合ってコリコリする恥骨の膨《ふく》らみも感じられた。

腰を突き動かすと、摩擦と締め付けが一物《いちもつ》を包み込み、甘ったるい汗の匂いに混じって美津の吐き出す息が湿り気を帯び、白粉《おしろい》のような甘さを含んで鼻腔を刺激してきた。

「どの形が一番いい？」

美津が、薄目で彼を見上げて訊《き》いてきた。

「茶臼《ちゃうす》（女上位）……」

茂助は高まりながら小さく答えた。

「そう。でも相手が望めば、どの形でもいけるでしょう？」

「はい」

「じゃ、最後は茶臼でいくといいわ」

美津が言ってくれたので、茂助は腰の動きを止め、そろそろと身を起こして一物を引き抜いていった。

そして仰向けになると、美津も入れ替わりに身を起こした。しかしすぐ入れてこず、まずは屈《かが》み込み、自らの淫水にまみれた一物にしゃぶり付いてくれたのだ。

「ああ……」

茂助は快感に喘ぎ、股間に美女の熱い息を受け止めながら身を投げ出した。

美津は舌を這わせ、先端をヌラヌラと舐め回し、鈴口《すずぐち》から滲む粘液を拭《ぬぐ》い取り、ふぐりにもしゃぶり付いてきた。

二つの睾丸《こうがん》を転がし、さらに彼の脚を浮かせて潜り込んだ。

尻の谷間に舌が這い、舌先がチロチロと肛門を舐め回し、ヌルッと潜り込ませてきた。

「あう……、気持ちいい……」

長い舌に犯され、茂助は呻きながらモグモグと肛門を締め付けて美女の舌を味わった。

彼女も内部で執拗に舌を蠢《うごめ》かせてから移動し、再び肉棒をスッポリと呑み込んできた。喉の奥まで含み、熱い鼻息で恥毛をくすぐり、頬をすぼめて吸い付いた。

そして充分に生温かな唾液にまみれさせると、ようやくスポンと口を引き離して身を起こし、いよいよ彼の股間に跨がってきた。

先端を濡れた膣口にあてがい、息を詰めてゆっくり腰を沈めてきた。

二

「アアッ……！　いい気持ち……」

美津が根元まで受け入れ、完全に座り込むと股間を密着させて喘いだ。

茂助もヌルヌルッと幹を擦る肉襞の摩擦に包まれ、暴発を堪《こら》えて奥歯を噛み締めた。

多くの体位の体験や口による愛撫の連続に高まっているが、やはり少しでも長く快感を味わっていたかった。

美津は上体を起こし、豊かな乳房を揺すりながら、密着した股間をグリグリと擦りつけ、やがて身を重ねてきた。

茂助は潜り込むようにして、色づいた左右の乳首を含んで舐め回し、顔中に柔らかな膨らみを感じながら、甘ったるい体臭に噎《む》せ返った。

もちろん腋《わき》の下にも顔を埋め、色っぽい腋毛に籠もった汗の匂いで胸を満たした。

そして首筋を舐め上げ、喘ぐ口に鼻を押しつけると、甘い白粉臭の息と、乾いた唾液の香りが入り混じって鼻腔を刺激してきた。

嗅ぐたび、甘美な悦《よろこ》びが一物に伝わって、膣内でヒクヒクと震えた。

「ああ……、突いて……」

美津も感じながら喘ぎ、キュッときつく締め付けてきた。

茂助は下から両手を回してしがみつき、徐々に股間を突き上げた。

すると美津も合わせて腰を遣いながら、上からピッタリと唇を重ねてきた。

茂助は美女の甘い息を嗅ぎながら舌をからませ、生温かな唾液をすすって動き続けた。

「ンン……」

美津も熱く鼻を鳴らして腰を遣い、動きに合わせてクチュクチュと湿った音が淫らに響いた。

「もっと唾《つば》を……」

せがむと、美津もトロトロと小泡の多い唾液を注ぎ込んでくれた。

茂助はうっとりと味わい、心地よく喉を潤して酔いしれた。

すると美津は自分から、茂助の鼻の穴を舐め回し、頰や鼻筋にも舌を這わせてくれ、彼の顔中をヌルヌルにまみれさせてくれた。

彼女ぐらいになると、相手の性癖をすぐにも見抜き、どうすれば悦ぶか分かってしまうのかも知れない。

「い、いく……！」

とうとう茂助は大きな絶頂の快感に突き上げられ、口走りながら昇り詰めてしまった。

同時に、熱い大量の精汁がドクンドクンと勢いよく内部にほとばしると、

「き、気持ちいいッ……。あぁーッ……！」

噴出を感じた美津も、たちまち声を上げ、ガクンガクンと狂おしい痙攣《けいれん》を起こ

して気を遣《や》った。

膣内も艶めかしい収縮を繰り返し、茂助は摩擦と締め付けの中、心ゆくまで快感を貪り、最後の一滴まで出し尽くした。

満足して動きを弱めていくと、

「アア……、良かった……」

美津も熟れ肌の強《こわ》ばりを解きながら声を洩らし、徐々に力を抜いてグッタリと彼にもたれかかってきた。

膣内の蠢きに、射精直後の一物がヒクヒクと震えた。

茂助は重みと温もりを受け止め、熱く甘い美女の息を嗅ぎながら、うっとりと快感の余韻を噛み締めたのだった……。


——後始末を終えて互いに身繕《みづくろ》いをすると、ようやく美津も茂助の淫気と一物を認めたように、本題に入ってくれた。

「では仕事の話をしましょう。相手は生娘《きむすめ》、お圭《けい》という十七の奉公人。死んだ親の借金のため、身売りする覚悟でいるのを、知り合いの辰巳屋《たつみや》という絵草紙屋《えぞうしや》の女将《おかみ》、お香代《かよ》さんが拾ったの」

「はあ……、十七の小娘を手籠《てご》めに……?」

茂助は期待と同時に、そんないたいけな娘を抱いて良いのだろうかと心配になった。

「手籠め人と言っても、無理やりばかりじゃありませんからね。このたびのことは、お主とお香代さんの両方からの依頼です。とにかく、茂助さんはお主を抱いて、その様子をお香代さんが絵に描きます。だから、どのような形を取って抱くかは、お香代さんの言う通りに」

美津の言葉に、茂助は激しい興味を持ちはじめた。

依頼の内容は、このようなものだった。

香代は絵草紙屋の主《あるじ》として、多くの春画絵師や戯作者《げさくしゃ》、お得意の客などを抱えている。

特に大店《おおだな》の隠居などは、自分が女を抱く力を失いながらも、そうした春画や戯作が好きで、金に糸目を付けず様々な注文をしてくるようだ。

そこで依頼が、生娘の凌辱《りょうじょく》であった。

しかし春画絵師が同席すると、茂助の気が散るだろうし、絵師にも内容は極秘にしたいので、かねてから絵心のある香代が自ら絵筆を執《と》るらしい。

その下絵を元に、香代はあらためて絵師に依頼をし、注文主の隠居から多くの金が入るというわけだった。

「なるほど……、分かりました。でも、そんな大事な役は、鉄丸先生でなくてよろしいのですか?」

「源さんは、あれでだんだん医者の仕事が忙しくなってきたし、ここは仲間に入ったばかりの茂助さんにお願いしたいの」

美津は言い、前金で二両出してくれた。

何やら、一文二文の暮らしをしてきた自分が、急に一両二両という額のやり取りをしていることが不思議でならなかった。

「じゃ明日の八つ（午後二時頃）、辰巳屋へ行って下さいな」

「あ、あの、お圭さんには、湯屋など行くなと伝えられませんか……」

「まあ、匂いのある方が好きなのね。分かりました。これから行って、そのように言っておきましょう」

美津はすぐにも彼の性癖を承知してくれ、辰巳屋の場所を彼に教えて言い、帰っていった。

茂助は金をしまい、その日は何もせず、一人で夕餉《ゆうげ》を済ませると明日に備えて早寝したのだった。そういえば牢《ろう》を出てから、と言うより江戸へ来てから一度も手すさびをしていなかった。

　毎日毎日、様々な歳や顔立ち、立場の女たちが現れては、良い思いをさせてくれるのである。半月間の牢内の苦労も、そろそろ帳消しになるのではないかと茂助は思いつつ、眠りに就《つ》いていった。

　そして翌日、茂助は昼餉を済ませると湯屋へ行って身体を洗い流し、その足で辰巳屋へと行ってみた。

　店はすぐに分かったが、門戸が閉められていた。何やら琴江の家にどことなく似た雰囲気である。

　脇から母屋《おもや》の入り口へ回って訪《おとな》うと、すぐに香代が出てきた。三十を少し出た新造《しんぞう》で、剃《そ》った眉とお歯黒の歯並びがやけに艶めかしかった。

「あ、越中屋のお美津さんに言われて参りました。茂助と申します」

「はい、伺ってます。どうぞ」

　言われて上がり込むと、香代は茂助を奥の座敷へと案内した。

　話では、今日は店は昼で閉めたようだった。

　香代には二人の子がいるようだが、今日は亭主の清吉《せいきち》が連れ出し、近所にある香代の実家へ遊びに行っているらしい。香代は、絵師や戯作者との打ち合わせがあるからと店に残り、清吉はそちらで夕餉《ちそう》まで馳走になるようだから、暗くなるまで帰ってこないようだ。

座敷には布団が敷かれ、そこに圭が長襦袢《ながジュバン》で座っていた。

十七の生娘は、ほんのりと頬を紅潮させ、緊張に身を強ばらせていた。ぽっちゃりした民と違い、やや痩せた感じだが、顔立ちの整ったなかなかの美形である。

そして布団から少し離れた場所に、画帖や筆が用意されていた。

そちらに香代が座り、筆に墨を含ませた。全体の形を簡単に描くだけだから彩色はせず、絵の具などは出されていなかった。

「では、まず脱いで頂いて、好きなようにお圭を舐め回して下さいな。入れるのは、私が言うまで待って下さい」

「承知しました」

香代に言われ、茂助は緊張しながら答え、帯を解いて着物と下帯《したおび》を脱ぎ去った。

もちろん美女と美少女に見られ、一物は雄々《おお》しく屹立《きつりつ》し、香代が熱っぽい眼差《まなざ》しで確認するように視線を這わせ、圭は恐らく初めて見るのか、思わず小さく息を呑んだ。

「さあ、では存分に。ただお圭は全て脱がさず、襦袢を乱す感じにして下さいませ」

香代が言い、茂助も圭に迫った。

圭は神妙にしているので、香代に言い含められたというより、自ら望んで覚悟を決めているのだろう。

死んだ親の薬代が嵩《かさ》み、金貸しに返さねばならず苦界《くがい》に身を沈めようとしていたおり、香代が引き取って立て替えてやったのだ。その代わり、初物を散らして描かれる仕事を与え、今後とも辰巳屋で住み込みの奉公をすることになっているようだ。

それでも身売りするよりは、ずっと幸福には違いない。

その手助けのため、茂助も圭の肩を抱き、座っている彼女の胸元を寛《くつろ》げ、白く清らかな乳房を片方露《あら》わにさせた。

あまり膨らみは大きくないが、乳首と乳輪は初々《ういうい》しく清らかな薄桃色をしていた。

茂助は手を這わせ、指で乳首をいじりながら唇を重ね合わせていった。

「いいわ、そのまま動かないで」

香代の声がし、茂助は姿勢を崩さないまま、指の腹でクリクリと乳首をいじり、生娘の柔らかな唇の感触を味わった。

「ク……」

乳首への刺激に、圭が目を閉じたまま小さく呻いた。

舌を挿《さ》し入れ、滑らかな歯並びを舐め、引き締まった桃色の歯茎もチロチロと探った。

美少女の息は熱く湿り気を含み、緊張に口が渇いているのか甘酸っぱい匂いが民よりずっと濃く、悩ましく茂助の鼻腔を刺激してきた。

執拗に探るうち、ようやく圭の歯も開かれ、熱い喘ぎが洩れた。口の中は、さらに濃い果実臭が籠もり、茂助は貪るように嗅ぎながら舌をからめ、滑らかに蠢く舌を味わった。

「はい、続けて」

画帖をめくる音がして香代が言うと、そのまま茂助は圭を布団に押し倒していった。

そして心ゆくまで美少女の唾液と吐息を貪ってから、ようやく口を離し、はだけた胸元に顔を潜り込ませていった。

乳首にチュッと吸い付き、舌で転がしながらもう片方も指で探ると、

「あぁッ……」

圭がか細い喘ぎを洩らし、ビクッと肌を震わせた。

感じると言うよりは、まだくすぐったい感覚の方が強いのだろう。彼女は、じっとしていられないように次第にクネクネと身悶《みもだ》えはじめた。

茂助も、初めて接する生娘に興奮を高め、舌を這わせては柔らかな膨らみに顔中を押しつけて感触を味わった。

その間も、香代は素早く絵筆を走らせていた。

茂助はさらに胸元を開かせ、もう片方の乳首も含み、執拗に舐め回した。

どうやら圭は言いつけを守り、湯屋に入っていないようで、襦袢の内には甘ったるい汗の匂いが濃厚に籠もっていた。

やがて彼は左右の乳首を交互に味わい、腋の下にも顔を埋め込んでいった。

生ぬるく汗に湿った和毛《にこげ》に鼻を擦りつけて嗅ぐと、甘ったるい体臭が胸に沁み込んできた。

そして茂助は充分に嗅いでから、いったん身を起こし、圭の脚の方に移動していった。

足首を摑んで浮かせると、裾《すそ》がハラリとめくれて白い脹《ふく》ら脛《はぎ》が覗《のぞ》いた。

「アア……」

片方の脚を持ち上げられ、圭が喘いだ。裾が割れたことに、本能的に声が洩れてしまったのだろう。

茂助は足裏に顔を押しつけ、舌を這わせていった。

縮こまる指の間に鼻を割り込ませて押しつけると、そこは汗と脂に生ぬるく湿り、ムレムレの匂いが濃く籠もっていた。

彼は美少女の足の匂いを貪り、爪先にしゃぶり付き、桜色の爪を嚙んで順々に指の股に舌を潜り込ませていった。

圭はヒクヒクと脚を震わせ、くすぐったそうに息を弾ませた。

茂助は味わい尽くすと、もう片方の足もしゃぶり、やがて腹這いになって脚の内側を舐め上げ、裾を開いていった。

圭も、言いなりにならなければという気持ちと、拒《こば》んでしまう肉体の反応に悶えながら、とうとう両膝を開いてしまった。

茂助は白くムッチリとした内腿を舐め上げ、熱気の籠もる股間に顔を寄せていった。

完全に裾を開いて中心部を見ると、そこに生娘の陰戸が息づいていた。

ぷっくりした丘には、ほんのひとつまみほどの若草が羞じらうように楚々《そそ》と煙り、割れ目からはみ出す陰唇は、何とも綺麗な薄桃色で、まだ潤いは見当たらなかった。

それでも指を当てて陰唇を左右に広げると、中の柔肉はほんのり湿り気を帯び、無垢《むく》な膣口が襞を入り組ませて可憐《かれん》に息づいていた。

ポツンとした尿口の小穴も可愛らしく、包皮の下からは小粒のオサネが僅《わず》かに顔を覗かせていた。

茂助は顔を埋め込み、柔らかな茂みに鼻を擦りつけた。

「あう……」

圭が、股間に触れられて呻き、反射的にキュッと内腿で彼の顔を挟み付けてきた。

茂助は若草の隅々に沁み付いた、甘ったるい濃厚な汗の匂いを胸いっぱいに嗅いだ。ほのかな残尿臭の刺激も入り混じり、うっとりと酔いしれながら舌を這わせた。

小ぶりの陰唇の表面は、汗とゆばりの味わいがあった。

舌を挿し入れ、花弁状に襞の入り組む無垢な膣口を搔き回しても、まだそれほど淫水が溢れた感じはなかった。

柔肉を舐め回し、クリッとしたオサネを舌先でチロチロ舐めると、

「ああッ……！」

圭が喘ぎ、内腿でムッチリと彼の両頰を挟み付けてきた。

やはり感じるのだろう。茂助も、喘ぐ生娘に興奮して執拗にオサネを責め、さらに脚を浮かせ、尻の谷間にも顔を迫らせていった。

谷間の奥では、綺麗な薄桃色の蕾《つぼみ》がひっそり閉じられ、細かな襞を震わせていた。

鼻を埋め込み、早急に顔中を密着させると、ひんやりした丸みとともに、汗の匂いに混じった秘めやかな微香が感じられた。

彼は可愛い匂いを貪りながら、蕾に舌を這わせていった。

収縮する襞を唾液に濡らし、ヌルッと潜り込ませて滑らかな粘膜を味わい、舌を出し入れするように蠢かせた。

「く……」

圭が息を詰めて呻き、キュッと肛門で舌先を締め付けてきた。

茂助は充分に味わってから舌を抜き、彼女の脚を下ろして再び割れ目に戻っていった。

するると、ようやく生温かな蜜汁が滲み出し、淡い酸味のヌメリで舌の動きを滑らかにさせた。

彼は美少女の蜜をすすり、オサネを舐め回して吸い付いた。

「アア……！」

圭が身を弓なりに反らせ、次第に間断なく喘ぎ声が洩れるようになっていった。

すると、見ながら絵筆を走らせている香代まで、興奮と快感が伝わったように微《かす》かに息を弾ませはじめていた。

なおもオサネを舐め続けると、いつしか陰戸は蜜汁が大洪水になっていた。

生娘でも、最も感じる部分を刺激されれば、こんなにも濡れるのだなと茂助は思った。

「舐めるのはもういいわ。一物をしゃぶらせてあげて」

香代が言い、茂助は圭の股間から這い出した。

「立って、無理やり口に押しつけるように」

香代が言う。そうした構図の注文があったのだろう。

茂助はハアハア喘いでいる圭の半身を起こさせ、自分も立ち上がり、激しく勃起した一物を美少女の口に押しつけた。

「ク……」

圭は、初めて目《ま》の当たりにする肉棒に息を呑み、眉をひそめて呻いた。

茂助は幹に指を添え、粘液の滲む先端をグイグイと圭の唇に擦りつけた。

「さあ、お舐め」

香代が筆を執りながら言うと、圭も観念し、口を開いてチロリと赤い舌を出してくれた。

そこへ茂助が鈴口を押しつけると、圭も熱い息を彼の股間に籠もらせて、ヌラヌラと舌先を動かしてくれた。

「ああ……」

茂助は、無垢で滑らかな舌の感触に喘いだ。

やがて張り詰めた亀頭全体が、美少女の生温かく清らかな唾液にまみれた。

そして茂助は口に押し込み、喉につかえるほど深く潜り込ませていった。

「ンン……」

圭が顔をしかめ、苦しげに呻いた。それでも口の中ではクチュクチュと舌が蠢き、上気した頬をすぼめて吸い付いてきた。

茂助は激しく高まり、暴発してしまう前にヌルッと一物を引き抜いた。

三

「お圭。ふぐりも舐めるのよ」

香代の声が容赦《ようしゃ》なく飛び、圭は茂助の股間に白い顔を押しつけ、ふぐりにもしゃぶり付いてくれた。

圭は熱い息を茂助の股間に吐きかけながら、ヌラヌラと袋全体を舐め回してきた。

「アア……」

彼は快感に喘ぎ、睾丸を舌で転がされながらガクガクと膝を震わせた。

普段の自分なら無理やり女に股間を押しつけることはないから、立ったまま香代の言いなりになって姿勢を取るのは新鮮だった。

「いいよ。じゃ犯して。最初は後ろ取りから、顔をこちらに」

香代が言い、茂助は股間を引き離し、圭の顔を香代の方に向けて四つん這いにさせた。

長襦袢の裾をめくって白く丸い尻を丸出しにさせ、茂助は膝を突いて股間を進めた。

「お圭、顔を上げて。決して伏せないように」

「はい……」

香代の言葉に、圭が小さく声を震わせて答えた。

茂助は、美少女の唾液に濡れた一物を構え、無垢な陰戸に後ろから迫り、先端を押し当て、ゆっくり挿入していった。

狭い膣口に押し込むと、張り詰めた亀頭が潜り込み、きつい締め付けと温もりが彼を燃え上がらせた。

そのままヌメリに任せ、ヌルヌルッと押し込んでいくと、何とも心地よい締め付けと、濡れた肉襞の摩擦が幹を包み込んだ。

「アアッ……！」

圭が背中を反らせて喘ぎ、根元まで潜り込んだ肉棒をキュッときつく締め付けてきた。

「いいよ、そのまま動かないで……」

香代も興奮に声をかすらせ、手早く絵筆を走らせた。この構図は、やはり圭の表情が最も重要なのだろう。

茂助は温もりを味わいながら、生まれて初めて征服した生娘の感触を心から嚙み締めていた。

尻の丸みが股間に密着して弾み、狭い穴が息づくように一物を締め付け、茂助は挿入時の摩擦だけですぐにも果てそうになってしまった。

「少し動いて。でも終わらないように」

香代に言われ、茂助は小刻みに腰を突き動かした。

「あう……！」

圭が呻き、尻をくねらせた。

茂助は摩擦に酔いしれ、絶頂を堪えながら律動を続けた。

「はい、じゃ次は松葉くずし」

言われて、茂助はそろそろと引き抜いていった。陰戸を覗いたが、まだ出血は免《まぬが》れているようだ。

そして圭を横向きにさせ、上の脚を真っ直ぐ上に差し上げ、彼は下の脚に跨がった。この体位も、すでに美津で体験しているので、それほど迷わずに再び挿入した。

「く……!」

また圭が呻き、根元まで押し込んだ一物を締め付けてきた。

茂助は互いの股間を交差させ、上の脚を両手で抱えながら感触を味わった。

香代も、二人の体位と圭の表情を素早く描き、茂助も少しずつ腰を突き動かした。

「アア……」

圭が喘ぎ、クネクネと身悶えながら膣内を収縮させせた。

「いいわ、次は本手」

香代が言い、茂助はまた引き抜いて、圭を仰向けにさせた。

そして股間を進め、先端を陰戸に押し当て、ゆっくりと挿入していった。

深々と貫くと、彼は脚を伸ばして身を重ねた。

「お圭、しがみついて。顔はこっちに」

香代が言うと、圭は下から両手を回し、香代の方に顔を向けた。

茂助は股間を密着させ、彼女の肩に腕を回して完全にのしかかった。

「動いて」

言われ、茂助は腰を突き動かし、何とも心地よい摩擦に高まっていった。

顔を寄せると、美少女の甘酸っぱい息が心地よく鼻腔を刺激し、思わず彼は唇を重ね、舌をからめた。

「ンンッ……！」

圭が呻き、果実臭の息を弾ませて彼の舌に吸い付いてきた。

「い、いきそう……」

腰を遣いながら、茂助は許可を求めるように口走った。

「出すなら、お圭の顔に向けて」

香代が言った。挿入して果てても描けないから、どうせなら美少女の顔を汚すところを描きたいようだ。

茂助は動きを止め、そろそろと一物を引き抜いて身を起こした。

そして圭の顔に近づき、絶頂間近の肉棒を向けた。

「お圭が握って、自分からしゃぶるように」

香代が言うと、圭は素直に幹を握って動かし、張り詰めた亀頭に舌を這わせてきた。

さらにしゃぶり付いてきたので、茂助も思わず小刻みに腰を動かし、濡れた唇の摩擦に高まってしまった。

「ああ……、いく……！」

突き上がる快感に口走りながら、彼はドクンドクンと大量の精汁を勢いよくほとばしらせた。

「う……」

含んでいたため、喉の奥を直撃されて圭が呻いた。

咳《せ》き込みそうになって口を離したので、余りの精汁が可憐な顔中にピュッと飛び散った。

あとは茂助が自分で幹をしごきながら、心ゆくまで快感を味わい、最後の一滴まで出し尽くした。美少女のみならず、美女に見られながらの絶頂は何とも格別な快感であった。

「お圭、べろを出して」

言われて、圭は眉をひそめて舌を伸ばした。

茂助はその舌に、余りの精汁をツーッと滴《したた》らせた。美少女の口の周りはヌルヌルにまみれ、鼻筋に飛び散った分も、頬の丸みを伝い、涙のように流れて顎《あご》から糸を引いた。

もちろん口に飛び込んだ第一撃は、反射的に飲み込んだようだ。

茂助もすっかり堪能してから、最後に先端を圭の舌に擦りつけ、濡れた鈴口を拭った。

そして満足しながら身を離し、圭に添い寝していった。

「いいよ、お疲れ様」

香代が言い、筆を置いた。そして圭の股間に近づいてきて、裾をめくって陰戸をあらためた。

「血はそれほど出ていないよ。でも、よく辛抱したね。少し休んだら、井戸で洗っておいで」

「はい……」

仕事を終えた香代が優しく言うと、圭も素直に答え、呼吸を整えるとすぐにも立って、そろそろと部屋を出て行った。

「茂助さんもお疲れ様」

「いいえ……」

茂助は答え、自分だけ全裸が恥ずかしく、起き上がって身体を縮めた。

見ると、何枚もの絵が、荒々しい筆遣いだが見事に仕上がっていた。

「すごいですね。お香代さんが、そのまま描けば、絵師への支払いは要らないでしょうに」

「とんでもない。私は下手《へた》の横好きですので、やはり玄人《くろうと》に頼まないと。でもこれだけ良い形が描けたので、きっと良い本が出来て、お得意たちも喜んでくれるはずです」

香代は言い、茂助の股間にそっと手を伸ばしてきた。

「まだ勃《た》っているわ。さすがに、お美津さんが見込んだだけあるわ……」

「ああ……」

新造の指先に弄《もてあそ》ばれ、茂助は快感に喘いだ。

「見ているうち、私もすっかり濡れてしまったわ。してもいい？」

「え、ええ……」

願ってもないことを言われ、茂助は頷《うなず》いた。

すると香代は立ち上がって、手早く帯を解きはじめた。茂助は期待に胸を高鳴らせ、すぐにも淫気を満杯にさせていった。

着物を脱いで、みるみる白い熟れ肌が露わになってゆき、やがて一糸まとわぬ姿になると、彼女は茂助を布団に仰向けにさせた。

するほど、間もなく圭が戻って部屋に入ってきた。

四

「お圭、おいで。一緒にしようよ」

香代が言い、圭の羽織っていた長襦袢を脱がせ、三人とも全裸になった。

そして彼女は、圭と一緒に茂助の股間に顔を寄せてきた。もちろん一物は、ピンピンに屹立していた。

「これがお前の初物を奪ったんだよ。舐めるときは、決して歯を当てないように。ここが一番感じるから、あまり長くしないように」

香代は圭に言いつつ、舌を伸ばして鈴口の少し裏側をチロチロと舐め回してくれた。

「アア……」

茂助は快感に喘ぎ、新造の舌遣いにヒクヒクと幹を震わせた。

そして香代はパクッと亀頭を含んで吸い付き、口の中でもチロチロと舌を蠢かせ、スポンと引き抜いた。

「してごらん」

言われて、圭が同じように舌を這わせ、亀頭を含んで吸った。

微妙に感触や温もりの異なる口に含まれ、茂助はさっきの射精などなかったかのように急激に高まってしまった。

自分の人生で、二人の女にされる時が来るなど夢にも思っていなかったのだ。

「ここも……」

香代は言い、圭と一緒に頰を寄せ合い、彼のふぐりを舐め回してきた。

熱い息が混じり合って股間に籠もり、睾丸がそれぞれの舌で転がされ、優しく吸われた。

「ああ、気持ちいい……」

茂助が喘ぐと、さらに香代は彼の脚を浮かせてきたのだ。

「ここも、舐められて感じたろう？　男も同じなんだよ」

香代が言って、先に彼の肛門をチロチロと舐め、ヌルッと浅く舌先を潜り込ませてきた。

「あう……」

茂助は、美女の舌に犯される快感に呻いた。

しかも、二人の女の前で尻の穴まで晒すのは、ゾクゾクするような羞恥が湧いた。

香代は内部で舌を蠢かせ、熱い鼻息でふぐりをくすぐってから、ヌルリと引き抜いてくれた。すると、すかさず圭が同じように舐め回し、舌を潜り込ませてきたのだ。

「く……」

これも感触と温もりが微妙に違い、それぞれに興奮しながら茂助は呻き、モグモグと美少女の舌を肛門で締め付けた。

やがて圭が引き抜くと、香代は圭の顔を引き寄せながら、一緒に亀頭を舐め回してきた。美女と美少女の息が熱く混じり合って股間に籠もり、それぞれの舌が鈴口や雁首《かりくび》に這い回った。

そして二人は交互にスポスポと含んで摩擦し、吸い付きながら舌をからめてきたのだ。

たちまち一物は二人の混じり合った唾液に生温かくまみれ、茂助は降参するように腰をよじって喘いだ。香代も、圭に男の扱いを教えることによって、また今後とも色々させて絵を描こうと思っているのだろう。

やがて二人は彼が洩らしてしまう前に口を離し、左右から彼を挟むように添い寝してきた。

「ここは、男でも感じるんだよ」

香代が言いながら茂助の乳首を舐めると、圭も反対側を同じようにした。

熱い息に肌をくすぐられながら、左右の乳首を舐められて茂助はクネクネと身悶えた。

「ああ……、噛んで……」

刺激を求めて言うと、二人はキュッと乳首に歯を立ててくれた。

「あうう……、気持ちいい……」

茂助は身を反らせ、甘美な痛みと快感に呻いた。

ようやく愛撫を止《や》めて、二人は顔を上げた。

「ね、今度は私が入れたいわ」

香代が言うと、茂助は彼女の手を引っ張った。

「そ、その前に、舐めたい。足も……」

「いいわ、こう？」

茂助が言うと、香代もためらいなく横に座り、足を上げて彼の顔に足裏を乗せてきてくれた。

彼は舌を這わせ、蒸れた匂いの籠もる指に鼻を埋めて嗅いでから、爪先にしゃぶり付いた。

「アア……、くすぐったい……」

香代は指の股を舌で探られて喘ぎ、口の中で爪先を縮めた。

茂助は両足とも舐めさせてもらい、さらに手を引いて顔を跨がらせた。

「ああ……、恥ずかしい……」

香代は声を震わせて言いながらも、彼の顔にしゃがみ込んできた。

茂助は新造の豊満な腰を抱き寄せ、黒々と艶《つや》のある茂みに鼻を埋め込み、汗とゆばりの混じって蒸れた匂いを嗅ぎ、すでに濡れている陰戸に舌を這わせていった。

淡い酸味の蜜汁が舌の動きをヌラヌラと滑らかにさせ、襞の入り組む膣口が妖《あや》しく蠢いた。

「アア……、吸って……」

香代が喘いで言い、ギュッと座り込んできた。

茂助はツンと突き立ったオサネに吸い付き、舌先で弾くように舐めた。

さらに白く豊かな尻の真下に潜り込み、顔中に双丘を受け止めながら谷間の蕾に鼻を埋めて嗅いだ。

秘めやかな微香が胸に沁み込み、舌を這わせると細かな襞が収縮した。

ヌルッと内部にも潜り込ませて粘膜を味わうと、

「あうう……、もういいわ……」

香代が言って股間を引き離し、そのまま仰向けの彼の上を移動して一物に跨がってきた。

そして先端を膣口にあてがい、一気に腰を沈めると、たちまちヌルヌルッと根元まで呑み込まれていった。

「ああッ……、いい……!」

香代が喘ぎ、茂助も肉襞の摩擦に高まって奥歯を噛み締めた。

彼女が身を重ね、豊かな乳房を突き出し、茂助の口に色づいた乳首を含ませてきた。

吸い付くと、生ぬるい乳汁《ちしる》が滲んできた。茂助は激しく興奮し、夢中になって貪りながら舌を濡らした。

香代が腰を遣いながら、もう片方の乳首も吸わせ、茂助は徐々に股間を突き上げながら甘ったるい匂いに包まれた。腋の下にも顔を埋め、色っぽい腋毛に籠もった汗の匂いに噎せ返り、彼は絶頂を迫らせていった。

するとと香代は圭の顔を抱き寄せながら、一緒に上から茂助に唇を重ねてきたのだ。

二人の女と同時に口吸いするなど、夢のようだった。

茂助は真上の香代と、横にいる圭の二人の顔を抱きすくめ、それぞれの舌を舐め回し、混じり合った唾液で喉を潤した。

香代の甘い息に、圭の甘酸っぱい果実臭が混じり、茂助は悩ましい匂いだけで激しく高まった。

そして股間を突き上げるうち、香代も粗相《そそう》したように大量の淫水を漏らして激しく悶えた。

「い、いっちゃう……。アアーッ……！」

たちまち香代はガクンガクンと狂おしい痙攣を起こし、膣内を収縮させながら声を上げた。

どうやら、本格的に気を遣ってしまったようだ。

茂助も、続いて大きな快感に巻き込まれて絶頂に達し、ありったけの熱い精汁をドクドクと勢いよく内部に放った。

「あう……、熱いわ……」

噴出を感じ、香代は駄目押しの快感を得たように呻き、キュッときつく締め付けてきた。

茂助も心ゆくまで快感を味わい、すっかり満足して最後の一滴まで出し尽くし、徐々に突き上げを弱めていった。

圭は、香代の絶頂の凄《すさ》まじさに息を呑んでいた。自分も、いずれこれほど感じるようになるのだと思ったかも知れない。

「ああ……、気持ち良かった……」

動きを止めると、香代も熟れ肌の強ばりを解きながら声を洩らし、グッタリと彼に身体を預けてきた。

茂助は収縮する膣内で、ヒクヒクと過敏に幹を震わせた。

そして香代と圭の顔を抱き寄せたまま、熱く湿り気ある息を嗅ぎながら、うっとりと快感の余韻を嚙み締めたのだった。

こんな極楽気分の体験が、本当に仕事になるのか不思議だったが、茂助はこれからも何が起きるのか楽しみになってきた。

第四章　熱き蜜の滴《したた》りに乱れて

一

「今日お役人が来て、佐吉が死罪になったということでした……」

茂助が訪ねると、琴江が言った。

淫気を催《もよお》して彼女の家の方へ行くと、軒下に合図の手拭《てぬぐ》いがかかっていたので入ってきたのだ。

「そうですか」

茂助は言ったが、特に感慨は湧かなかった。佐吉は冤罪《えんざい》でも何でもなく、人を殺《あや》めたからその罪を償《つぐな》っただけだ。

茂助も女たちとの快楽のおかげで、徐々に牢内《ろうない》の辛《つら》い思い出も薄れつつあった。

むしろ、その体験があるから今の悦《よろこ》びがあるし、源之助との出会いが全ての切っ掛けとなったのである。

だから、琴江が佐吉を庇《かば》うため、茂助を下手人《げしゅにん》に仕立てようとしたことも、もう詰《なじ》る気持ちにはなれなかった。

それに、それを言えば全ての経緯《いきさつ》まで話さなければならなくなり、手籠《てご》め人《にん》の、口外法度《はっと》の掟《おきて》を破ることになろう。

とにかく茂助は、美女が抱ければそれで良いのだった。

そして琴江も、手拭いを吊して茂助を招き入れた以上、淫気が溜まっているのだろう。

要するに、互いの目的が一致しているのである。

琴江はすぐにも床を敷き延べ、帯を解きはじめた。

茂助も来る前に湯屋に寄ってきていたから準備は万端で、手早く脱いで全裸になっていった。

「どうにも多情な性分らしく、我慢できないんです……。亭主が死んだばかりというのに、ふしだらと思うでしょうけれど……」

「いや、私も初めての女ですから、早く琴江さんを抱きたかったです」

「本当？　嬉《うれ》しい……」

彼女は言い、やがて一糸《いっし》まとわぬ姿になって布団に横たわった。

茂助は彼女の足の方に座り、足首を摑《つか》んで浮かせ、足裏から舐めはじめていった。

「あう……、駄目。汚いです……」

琴江が声を震わせて言ったが、もちろん拒《こば》みはしなかった。

茂助は指の股の蒸《む》れた匂いを貪《むさぼ》り、爪先にしゃぶり付き、全ての指の間を舐め回した。

もう片方も匂いが消えるまで味わい尽くすと、すぐにも腹這いになって脚の内側を舐め上げ、股間に顔を進めていった。

「アア……」

琴江も、両膝を開いて彼の顔を受け入れながら熱く喘《あえ》いだ。

茂助は白くムッチリした内腿を舐め回し、ときにキュッと軽く歯を立てながら、熱気の籠もる陰戸《ほと》に鼻先を迫らせた。

目を遣《や》ると、割れ目からはみ出す陰唇は興奮に濃く色づき、内から溢《あふ》れる蜜汁にヌメヌメと熱く潤《うるお》っていた。

彼は顔を寄せ、柔らかな茂みに鼻を擦《こす》りつけ、生ぬるい汗とゆばりの混じった匂いを嗅《か》ぎ、陰唇の内側に舌を這わせていった。

淡い酸味のヌメリをすすりながら、息づく膣口を舐め回し、柔肉を隅々まで念入りに味わってからオサネに吸い付くと、

「ああッ……、いい気持ち……！」

琴江がビクッと顔を仰《の》け反《ぞ》らせ、内腿で彼の顔を締め付けながら喘いだ。

茂助ももがく腰を抱えて押さえ、執拗《しつよう》にオサネを舐め回し、美女の体臭で胸を満たした。

さらに脚を浮かせ、白く豊かな尻の谷間にも顔を埋め込み、薄桃色の蕾《つぼみ》に籠もった微香を嗅ぎ、舌を潜り込ませていった。

「あう……、変な気持ち……」

琴江が呻《うめ》き、キュッキュッと肛門で彼の舌を締め付けてきた。

茂助は充分に舌を蠢《うごめ》かせ、ヌルッとした粘膜を味わい、顔中で尻の丸みを堪能してから、再び陰戸に戻って新たなヌメリをすすった。

「い、入れて。お願い……」

すると琴江は、すぐにも達しそうになったか、腰をくねらせ、声を震わせてせがんできた。

茂助も高まり、顔を上げて股間を進めていった。

彼は勃起した幹に指を添え、先端を陰戸に擦りつけて潤いを与え、ゆっくりと押し込んだ。

張り詰めた亀頭が潜り込むと、あとはヌルヌルッと滑《なめ》らかに根元まで吸い込まれていった。

「アアッ……、いい……。奥まで感じる……」

琴江が身を反らせて喘ぎ、熱く濡れた膣内をキュッと締め付け、若い肉棒を味わった。

茂助は股間を密着させ、脚を伸ばして身を重ねていった。

まだ動かずに温もりと感触を嚙み締め、屈《かが》み込んで豊かな乳房に顔を埋《うず》め、色づいた乳首に吸い付いた。

「ああ……、もっと吸って……」

琴江が下から両手を回してしがみつき、貪欲《どんよく》にせがんできた。

茂助はコリコリと勃起した乳首を念入りに舌で転がし、柔らかな膨《ふく》らみを顔中で感じた。

もう片方にも移動して含み、軽く歯を当てて刺激しながら舐め回し、甘い体臭に興奮を高めた。

さらに腋《わき》の下にも顔を埋め込み、湿った腋毛に鼻を擦りつけ、甘ったるく濃厚な汗の匂いに噎《む》せ返った。

「あうう……、お願い、突いて。強く奥まで……」

琴江が呻きながら言い、待ちきれないようにズンズンと股間を突き上げてきた。

茂助も合わせて腰を遣《つか》い、首筋を舐め上げて上からピッタリと唇を重ねていった。

「ンンッ……！」

彼女は、潜り込んだ茂助の舌に吸い付いて熱く鼻を鳴らし、湿り気ある甘い息を弾ませた。

茂助は美女の甘い唾液と吐息に酔いしれながら、次第に股間をぶつけるように腰を突き動かした。大量に溢れる淫水がクチュクチュと鳴り、彼女は絶頂を迫らせたように悶《もだ》えた。

しかし、いきなり琴江が動きを止め、口を離してきた。

「ね、お尻を犯して……」

「え……？」

彼女の言葉に、茂助も驚いて動きを止め、思わず聞き返した。

「お尻に入れられるのが好きなの……？」

「したことはないけれど、陰間《かげま》はしているし、茂助さんに、最後に残った初物をあげたいの……」

琴江が言う。

佐吉が死んだと知らされた日に、やはり彼女なりの、茂助に対する謝罪の気持ちがあるのかも知れない。

そして茂助も、その行為に激しい興味を抱いた。

「じゃ、痛かったら止《や》めるから言って下さい」

「いいえ、痛がっても無理やりして。生娘《きむすめ》に戻ったように、痛いのも味わってみたいの……」

琴江が言い、やがて茂助も身を起こした。

そして一物《いちもつ》を陰戸から引き抜き、彼女の脚を持ち上げていった。

すると琴江も、自ら浮かせた両脚を抱え、こちらに白く丸い尻を突き出してきた。

見ると色づいた肛門は、陰戸から滴《したた》る蜜汁にヌメヌメと潤っていた。

茂助は股間を進め、淫水にまみれた先端を蕾に押し当てていった。

琴江は身構えるように身を強《こわ》ばらせたが、すぐに力を抜き、受け入れる体勢を取って口で呼吸した。

茂助は、グイッと力を入れて押しつけた。

すると張り詰めた亀頭がヌメリに助けられ、ズブリと潜り込んだ。蕾が丸く押し広がって、可憐《かれん》で細かな襞が伸びきり、今にも裂けそうなほどピンと張り詰めて光沢を放った。

「あう……、お願い。もっと深く……」

琴江が声を上ずらせてせがみ、茂助も強引にズブズブと深くまで押し込んでしまった。

「く……！」

彼女が脂汗《あぶらあせ》を滲《にじ》ませて呻くと、とうとう一物は根元まで潜り込み、茂助の股間に尻の丸みが密着してキュッと弾んだ。

茂助も、新鮮な感覚を味わっていた。

さすがに入り口周辺の締まりは膣以上だが、内部は思っていたより余裕があり、ベタつきもなくて、むしろ滑らかな感じだった。

そして肉体の感覚以上に、美女の身体に残った最後の初物の部分を征服した悦びが湧いた。

茂助は股間を押しつけながら感触を味わい、琴江を見下ろした。

すると彼女も、痛みより初体験の充足感を覚えているように、うっとりしながら自ら乳房を揉《も》みしだき、空いている陰戸やオサネにも指を這わせはじめたではないか。

彼は、琴江の貪欲さに興奮し、内部で幹を震わせた。

二

「動いて。構わないから乱暴に……」

琴江が言い、茂助も様子を探るように小刻みに腰を突き動かしはじめた。

最初はきついが、次第に彼女も力の抜き方に慣れてきたように、動きがクチュクチュと滑らかになっていった。

「アア……、いいわ。変な感じだけど、もっと強くして……」

琴江が喘ぎながらせがみ、茂助も動きを激しくさせていった。女とは、どんな穴でも感じるように出来ているのかも知れないと思った。

そのうち茂助も摩擦快感に、ジワジワと絶頂が迫ってきた。

「ああ……、いきそう……」

たちまち琴江も声を上ずらせ、乳首やオサネをいじる指の動きを激しくさせて、艶《なま》めかしく腰をくねらせはじめた。

淫水も大量に溢れ、陰戸から肛門の方まで伝い流れ、さらに動きを滑らかにさせた。

「い、いく……。アアーッ……！」

琴江が声を洩らし、激しくオサネを擦りながらピュッピュッと射精するように潮《しお》を噴いた。肛門の感覚か、オサネへの刺激か分からないが、とにかく気を遣ってしまったようだ。

その狂おしい反応に刺激され、続いて茂助も昇り詰めてしまった。

「く……！」

通常とは微妙に異なる快感に呻き、茂助は内部にドクンドクンと大量の精汁を注入した。

「あう、感じるわ。出ているのね。もっと……！」

噴出を受け止めた琴江が口走り、飲み込むように肛門を収縮させた。

内部に満ちる精汁で、さらに動きがヌラヌラと滑らかになり、茂助は心置きなく最後の一滴まで出し尽くした。

すっかり気が済んで動きを止め、身を起こしたまま荒い呼吸を繰り返しながら、彼は余韻を味わった。

まだ肛門は収縮を繰り返し、一物が刺激されてヒクヒクと脈打った。

「ああ……」

琴江も大波を乗り越え、満足げに声を洩らしてグッタリと身を投げ出した。

大量に漏れた潮を指に付けて舐めてみたが、やはりゆばりとは違って無味無臭だった。

やがてそろそろと腰を引くと、ヌメリや内圧に押し出され、一物はまるで彼女に排泄されるようにツルッと抜け落ちた。

肛門は丸く開いて一瞬内部の粘膜を覗《のぞ》かせたが、やがてすぐにつぼまってゆき、元の可憐な形状に戻っていった。

「さあ、すぐに洗った方がいいわ……」

琴江は呼吸も整わぬうち言って身を起こし、彼を促した。

茂助も立ち上がり、二人して全裸のまま裏の井戸端へと行った。

水を汲《く》んでくれ、琴江が甲斐甲斐《かいがい》しく彼の一物を洗い流してくれた。

「さあ、ゆばりを出して。中も洗った方がいいわ」

言われて、茂助は下腹に力を入れ、チョロチョロと放尿した。

し終わると、彼女はもう一度流してから、屈み込んでヌラヌラと鈴口《すずぐち》を舐め回してくれた。

「ああ……」

その刺激に茂助は喘ぎ、すぐにもムクムクと回復してきてしまった。

そして彼は簀の子《すのこ》に座り、目の前に琴江を立たせて股間を突き出させた。

「琴江さんも、ゆばりを出して……」

「あん……」

言いながら割れ目を舐めると、彼女も興奮覚めやらぬように喘ぎ、息を詰めて懸命に尿意を高めはじめてくれた。

洗ってしまった茂みは、もう体臭が薄れてしまったが、舌を這わせると陰戸からは新たな蜜汁が溢れてきた。

「で、出ちゃうわ……。いいのね……?」

琴江が声を震わせて言うなり、チョロチョロと温かな流れがほとばしった。

彼は流れを口に受け、控えめな味と匂いを嚙み締めながら喉に流し込んだ。

全く抵抗はなく、美女の出したものを受け入れる悦びに、たちまち一物は元の硬さと大きさを取り戻してしまった。

「ああ……、こんなことするなんて……」

琴江は喘ぎながら、彼女も淫気を甦《よみがえ》らせたように彼の顔に股間を押しつけ、ゆるゆると放尿を続けた。

溢れた分が胸から腹に伝い、一物を心地よく浸してきた。

間もなく流れが治まると、茂助は余りの雫《しずく》をすすり、陰戸を舐め回した。

「も、もう駄目……。続きはお布団で……」

琴江が言って股間を引き離し、もう一度互いの身体を洗い流すと、身体を拭いて部屋に戻っていった。

今度は茂助が仰向けになると、琴江は股の間に腹這い、また一物にしゃぶり付いてきた。

「ああ……」

彼が快感に喘ぐと、琴江も充分に唾液に濡らしただけで、すぐにチュパッと口を引き離し、身を起こして跨《また》がってきた。

先端を陰戸に受け入れ、息を詰めてゆっくり座り込んだ。

たちまち肉棒は根元まで呑み込まれ、彼女は股間を密着させ、すぐにも身を重ねてきた。

「ああ……。やっぱり、ここへ入れるのが一番……」

琴江は熱く囁《ささや》き、彼の肩に腕を回して抱きすくめながら、緩《ゆる》やかに腰を遣いはじめた。

茂助も、確かに肛門は新鮮な快感だったが、やはり陰戸が一番だと思った。

彼も下から両手を回してしがみつき、僅《わず》かに両膝を立て、ズンズンと股間を突き上げはじめた。

「アア……、いい気持ち……」

琴江も動きに合わせ、腰を遣いながら喘いだ。

彼の胸に柔らかな乳房が押し当てられて弾み、恥毛が擦れ合い、熟れ肌全体が心地よく密着した。

茂助は下から唇を重ね、美女の甘い息を嗅ぎながら舌をからめ、滴る唾液を味わった。

「ンン……」

琴江も熱く鼻を鳴らして彼の舌を吸い、激しく腰を動かした。さっき気を遣ったのに、やはり陰戸で本格的に昇り詰めたいようだった。

「ね、唾《つば》をいっぱい飲ませて……」

茂助が囁くと、琴江もことさらにたっぷりと唾液を分泌させ、小泡の多い粘液をトロトロと吐き出してくれた。

彼はうっとりと味わい、心地よく喉を潤した。

「顔にもペッて吐きかけて、思い切り……」

「そんなこと出来ないわ。さんざん迷惑をかけた人に……」

「お願い、してほしい……」

懇願《こんがん》すると、琴江も唾液を唇に溜め、ペッと軽く吐きかけてくれた。甘い一陣の息とともに、生温かな粘液が鼻筋を濡らした。

「もっと強く……」

言うと、一度して度胸がついたように、さらに琴江は強く吐きかけた。

「ああ……、気持ちいい……」

茂助は吐息と唾液にうっとりと喘ぎ、トロリと頬を伝い流れる唾液の感触に酔いしれた。

するとと琴江が舌を伸ばし、吐き出した唾液を舐め取ってくれた。

いや、清めるようにに拭うというよりも、新たに滴る唾液を舌で顔中に塗り付けるようだった。

「ああ……、いく……！」

茂助は顔中ヌラヌラと美女の唾液にまみれ、甘い匂いに包まれながら口走った。同時に、大きな絶頂の渦に巻き込まれ、快感とともに勢いよく射精してしまった。

「き、気持ちいいわ……。アアーッ……！」

奥深くに噴出を受け止めた途端、琴江もたちまち気を遣って喘ぎ、ガクンガクンと狂おしい痙攣《けいれん》を起こした。

茂助は股間を突き上げ、溶けてしまいそうな快感に包まれながら、心ゆくまで出し尽くし、徐々に動きを弱めていった。

「ああ……、良かった……」

彼女も満足げに声を洩らし、肌の強ばりを解きながらグッタリと彼にもたれかかってきた。

「もう、茂助さんに夢中よ……。早く住み込んでほしい……」

琴江が近々と顔を寄せ、荒い呼吸とともに囁いた。

収縮する肉襞に刺激され、射精直後で過敏になった亀頭がヒクヒクと膣内で震えた。

そして茂助は、美女の甘い息を間近に嗅ぎながら、うっとりと快感の余韻に浸り込んでいったのだった……。

三

「茂助、少し付き合え」

雪絵に誘われ、茂助は一緒に道場の裏手の住まいへと向かっていった。

彼女に会いたくて、剣術道場の武者窓《むしゃまど》から他の野次馬たちと一緒に覗いていたのだ。

さすがに鬼小町と異名を取るだけあり、雪絵の剣術は若侍たちを苦もなく連続して打ち破っていた。そして稽古《けいこ》を終えると、彼女が気づいて声を掛けてくれたのである。

門弟や野次馬たちも帰り、雪絵は井戸端で手だけ洗って住まいに入った。

身体を流さないのは、茂助の性癖を見抜いているからか、あるいは夕刻に居酒屋へ行く前に湯屋へ寄るつもりかも知れない。

「手籠め人の依頼で、辰巳屋へ行ったそうだな」

やはり、仲間の仕事のことは話が行き渡っているようだ。

「はい」

「どのような仕事だ？」

「ええ、辰巳屋の奉公人の生娘を、様々な形で抱いて、それを女将《おかみ》が絵に描きました。春画のため、絵師に頼む下絵を描いたのです」

「それは面白い。では生娘を抱き、さらに女将のことだ、一緒になって戯《たわむ》れたのであろう」

雪絵が言う。何もかもお見通しのようだ。

「とにかく、僅かな間に多くの女を知って上達しただろう」

雪絵は言って立ち上がり、手早く床を敷き延べた。

どうやら、させてくれるようで、茂助も急激に淫気を湧かせていった。

「さあ」

雪絵が促すように言い、先に袴《はかま》を脱ぎはじめた。

茂助も帯を解き、着物と下帯《したおび》を脱ぎ去っていった。

興奮や期待とともに、言いようのない緊張も心地よく胸を満たした。何しろ他の女たちと違い、雪絵だけは武家なのである。

先に布団に横になると、雪絵も一糸まとわぬ姿になって添い寝してきた。

「汗臭いが構わぬか」

「ええ、その方が……」

「なぜ、男は女の匂いが好きなのか」

雪絵が、腕枕してくれながら言った。

「鉄丸先生もそうなのですか」

「あの男は、最近医者の仕事が忙しくなったようで、あまり顔を合わせなくなっている」

雪絵は言い、ギュッと彼を胸に抱きすくめてくれた。肌を密着させているとき、他の男の話はしたくないのだろう。

茂助も目の前の女体に専念し、逞《たくま》しい腕に頭を乗せ、濃厚に甘ったるい汗の匂いに包まれた。

恐る恐る乳房に手を這わせながら、先に腋の下に顔を埋め、腋毛に鼻を擦りつけて生ぬるい体臭を貪った。

女の匂いが胸いっぱいに満たされ、茂助はうっとりと酔いしれてから、そろそろと移動して色づいた乳首にチュッと吸い付いていった。

顔中を張りのある膨らみに押しつけながら、コリコリと硬くなった乳首を舌で転がすと、

「アアッ……！」

すぐにも雪絵が熱く喘ぎ、彼の顔をきつく乳房に押しつけてきた。

激しい稽古の直後で、気持ちがすっきりしていたかと思いきや、淫気はまた別物らしく相当に溜まっていたようだった。

茂助は充分に味わい、愛撫してから、もう片方の乳首を含み、執拗に舐め回した。

そして軽く歯を立てると、

「ああ……、いい気持ち……。もっと強く……」

雪絵がうっとりと喘ぎ、甘ったるい汗の匂いに混じり、花粉のように甘い刺激を含んだ息を彼の顔に吐きかけてきた。

茂助は体臭と吐息に興奮を高めながら、左右の乳首を交互に舐め、軽く嚙んでから、徐々に滑らかな肌を舐め下りていった。

淡い汗の味のする肌を舌でたどり、引き締まった腹部に顔を押しつけて臍《へそ》を舐め、さらに腰から逞しい太腿を下降した。

膝小僧を舐め、野趣溢れる体毛を感じながら脛《すね》を下り、足首まで行くと大きな足裏も舐め回した。

指の股は汗と脂に生ぬるく湿り、鼻を埋めるとムレムレの匂いが濃く籠もっていた。

茂助は心ゆくまで男装美女の足の匂いを貪ってから爪先にしゃぶり付き、全ての指の間を舐め回し、もう片方も隅々まで味わった。

そして脚の内側を舐め上げ、白いスベスベの内腿にもそっと歯を立てた。

「あう……、もっと強く。血が出るまで……」

すっかり興奮を高めた雪絵がせがみ、茂助も精一杯前歯を食い込ませ、咀嚼《そしやく》するようにモグモグと動かした。

張りと弾力に満ちた肌は実に心地よく、彼は左右とも愛撫して股間に迫っていった。

すると熱気と湿り気が顔中を包み込み、割れ目からはみ出した陰唇の間からヌラヌラと大量の蜜汁が溢れてきた。

指で広げると、襞の入り組む膣口が息づき、他の誰よりも大きめのオサネが光沢を放ち、亀頭の形をしてツンと突き立っていた。

堪《たま》らずに顔を埋め込み、柔らかな茂みに鼻を擦りつけると、腋に似た濃厚に甘ったるい汗の匂いが鼻腔《びこう》を満たし、さらに残尿臭の刺激も悩ましく胸に沁み込んできた。

舌を這わせると、淡い酸味のヌメリが動きを滑らかにさせ、彼は膣口からオサネまで味わいながら、ゆっくりと舐め上げていった。

「アア……、そこ……」

雪絵がビクッと顔を仰け反らせて喘ぎ、内腿でムッチリときつく彼の両頬を挟み付けてきた。

茂助はオサネに吸い付き、そこにも軽く歯を立てながらチロチロと舌先で弾くように舐めては、新たに溢れる淫水をすすった。

さらに腰を浮かせ、形良い尻の谷間に鼻を埋め込み、顔中で双丘の丸みと弾力を味わいながら微香を嗅いだ。

汗に混じった秘めやかな匂いが悩ましく鼻腔を刺激し、舌を這わせると細かな襞が収縮した。

唾液に濡らしてヌルッと舌先を潜り込ませると、

「あう……、いい気持ち……」

雪絵は素直に感想を洩らし、キュッと肛門で彼の舌を締め付けた。

茂助は粘膜を味わい、舌を出し入れさせるように蠢かせてから、再び陰戸に戻ってヌメリをすすり、オサネに吸い付いた。

「アア……、こっちを跨いで……」

と、雪絵が彼の手を引き、下半身を求めてきた。

「い、いけません。お顔を跨ぐなど……」

「構わぬ。さあ……」

茂助は文字通り尻込みしたが、雪絵は強引に求めて引っ張った。

彼も陰戸に顔を埋めながら、恐る恐る身を反転させ、上になると雪絵の顔を跨ぎ、股間を顔に押しつけていった。

二つ巴《どもえ》の体勢になり、女武芸者の顔に跨がる畏《おそ》れ多さにふぐりがゾクゾクとした。

「ンン……」

雪絵は真下から一物を深々と呑み込み、熱く呻いて息でふぐりをくすぐってきた。

茂助は快感と緊張に震えながら、再びオサネを舐め回し、一物を吸われて激しく勃起した。雪絵もネットリと舌をからめながら吸引し、彼の腰を抱えて熱い息を籠もらせた。

互いに最も感じる部分を舐め合うと淫水の量が増し、興奮が高まった証《あか》しで酸味が濃くなってきた。茂助も生温かな唾液にまみれた一物を彼女の口の中でヒクヒク震わせた。

やがて雪絵は充分に吸い付いて舌をからめ、スポンと引き抜いてふぐりにもしゃぶり付いてきた。

睾丸《こうがん》を舌で転がし、袋全体を唾液に濡らすと、さらに顔を浮かせて伸び上がり、彼の肛門までチロチロと舐め回し、ヌルッと押し込んできた。

「く……！」

茂助は妖《あや》しい快感に呻き、美女の舌先をキュッと肛門で締め付けた。雪絵は自分がされたように内部で舌を蠢かせ、ようやく引き抜いてくれた。

「いいわ、入れたい……」

雪絵は、気が済んだように言った。

「では、どうか雪絵様が上に……」

茂助は答え、そろそろと彼女の顔の上から股間を引き離し、向き直って仰向けになった。

雪絵が入れ替わりに身を起こすと、挿入の前に茂助は別のことをせがんだ。

四

「顔を跨いで、ゆばりを飲ませて下さい……」

「出るかどうか分からぬ……」

言うと、雪絵は答えながらも茂助の顔に跨がってくれた。そして片膝を突き、自ら割れ目を指で広げた。これは、自分の布団を濡らすのが嫌なのかも知れぬと思い、それも茂助を興奮させた。

中の柔肉が丸見えになった割れ目に下から口を付け、濃い体臭を嗅ぎながら茂助は尿口あたりに吸い付いた。

「あ……、出る……」

下腹に力を入れていた雪絵も、尿意を高めて小さく言った。

同時に、温かな雫がポタポタと滴り、チョロッと一瞬だけほとばしって、間もなく治まってしまった。

やはり稽古でさんざん汗をかいたから、それほど溜まっていなかったのだろう。それでも味と匂いは通常より濃く、飲み込んだ茂助は悩ましい悦びで胸を満たした。

残り香を味わいながら舌を這わせると、すぐに新たな蜜汁が溢れ、淡い酸味が満ちてきてしまった。

「もう良かろう……」

雪絵が言って、彼の顔からそっと股間を引き離し、移動して屹立《きつりつ》した一物に跨がってきた。

先端を膣口に受け入れ、ゆっくりと腰を沈めていった。たちまち肉棒は、ヌルヌルッと滑らかな肉襞の摩擦を受けて呑み込まれた。

「アアッ……、いい気持ち……」

根元まで貫かれ、雪絵がペタリと座り込んで喘いだ。

茂助も、美女の温もりと感触に包まれ、キュッときつく締め付けられて快感を味わった。

雪絵は何度かキュッと締め付けて感触を味わい、密着した股間をグリグリと擦りつけてから身を重ねてきた。

茂助も両手を回してしがみつき、逞しい美女に組み敷かれて陶然《とうぜん》となった。

雪絵が緩やかに腰を遣いながら、上からピッタリと唇を重ねてきた。

柔らかな感触が密着し、舌が潜り込んできた。

彼もネットリと舌をからめ、滑らかな舌触りと、生温かな唾液のヌメリを味わった。

雪絵も、彼が求めるのを知っているので、ことさらに多く唾液を分泌させ、トロトロと口移しに注ぎ込んでくれた。茂助は小泡の多い、適度な粘り気のある唾液を味わい、うっとりと喉を潤した。

そして彼も舌を挿《さ》し入れ、美女の唇の内側や滑らかで頑丈な歯並びを舐め、かぐわしい口の中も舐め回した。

雪絵の息は甘く、鼻腔の天井に引っかかるような悩ましい刺激を含み、心地よく彼の胸に沁み込んできた。

「ンン……」

彼女が熱く鼻を鳴らし、チュッと強く茂助の舌に吸い付いてきた。

その間も腰の動きは続き、大量に溢れた淫水が彼の股間までビショビショにさせてきた。

茂助も小刻みに股間を突き上げると、ピチャクチャと淫らに湿った摩擦音が聞こえ、抽送《ちゅうそう》が滑らかになった。

「ああ……！」

雪絵が口を離して喘ぎ、茂助の頬をそっと嚙み、耳たぶにも歯を立て、さらに首筋を舐め下り、彼の乳首にも吸い付いてきた。

「あうう……。どうか、嚙んで下さいませ。強く……」

身悶えながら言うと、雪絵もキュッキュッと咀嚼するように乳首を嚙み締めてくれた。

「く……」

茂助は甘美な痛みと快感に呻き、膣内でヒクヒクと幹を震わせた。

雪絵も彼の肌を熱い息でくすぐりながら、左右の乳首に交互に吸い付いて舐め回し、綺麗な歯並びを食い込ませてきた。

次第に茂助が股間の突き上げを激しくさせていくと、

「アア……、いきそう……」

雪絵が熱く喘ぎ、再び彼の唇を舐め、鼻の穴から鼻筋、瞼《まぶた》までヌラヌラと舐め回し、生温かな唾液にまみれさせてくれた。

「い、いく……！」

茂助も、美女の匂いに包まれて口走り、大きな快感が突き上がってきた。

絶頂と同時に、熱い大量の精汁がドクンドクンと勢いよく膣内にほとばしって子壺《こつぼ》の入り口を直撃した。

「あう、熱い……！」

噴出を感じると雪絵も気を遣ったように呻き、そのままガクンガクンと狂おしい痙攣を開始し、膣内を収縮させた。

茂助は激しく股間を突き上げ、注入しながら快感を嚙み締めた。

そして最後の一滴まで出し切ると、満足しながら徐々に突き上げを弱めていった。

「ああ……、何て気持ちいい……」

雪絵も声を洩らしながら、満足げに強ばりを解いて力を抜いた。

膣内は精汁を飲み込むようにキュッキュッと収縮を続け、まるで舌鼓《したつづみ》でも打たれているように締め付けられた。そのたび、刺激を受けた幹が過敏にヒクヒクと反応した。

茂助は美女の重みと温もりを感じ、湿り気ある甘い息を嗅ぎながら、うっとりと快感の余韻を味わった。

「良かった……。前より上手《じょうず》になっている……」

雪絵が言って呼吸を整え、そろそろと股間を引き離して添い寝してきた。

茂助は身を起こして懐紙《かいし》を取り、陰戸を丁寧に拭い清めてやり、自分の一物も手早く始末した。

「私も手籠め人だが、なかなか男を犯すような仕事は回ってこぬ」

彼が再び添い寝すると、雪絵が言った。

「それは、そうかもしれませんね。勃《た》たないものは犯せないし、勃てば犯したことにならないし……」

「ああ、だから陰で源之助やお前の手助けをする。武家女を相手に仕事をする時は、渡りを付けるのに役に立つだろう」

雪絵は言い、やがて気が済んだように身を起こしていった。

五

「これ、おっかさんが持って行けって」

民が、茂助の長屋に来て言い、惣菜《そうざい》を渡してくれた。

「どうも有難う」

彼は美少女の唐突な来訪に期待し、胸を高鳴らせながら彼女を中に上げた。

「また近々、おっかさんが仕事を言い渡すと思うわ。今度は源さんと雪絵さんと三人での、大がかりになるかも知れない」

「そう……」

茂助は答え、まだどんな仕事か分からないが、あの二人が一緒なら心強いと思った。

「もう、牢の夢でうなされることもない？」

「ええ、たまに思い出すけれど、だんだん遠いことのように思えてきた」

「そう、いいことだわ」

民は、同い年なのに大人びた口調で言った。

「辰巳屋のお圭ちゃんを抱いたのね」

いきなり言われ、茂助はドキリとした。

「え、ええ……。お香代さんが絵に描くので、一緒に形を取って……」

「そう、生娘って、良いものだった？」

「いや、痛いだろうから気を遣って……」

「そうでしょうね」

民は言い、彼の淫気を察したように、自分から万年床の方へ移動した。

あるいは美津から、少しでも彼に多く体験させるよう言われているのかも知れない。

「いいの……？」

「ええ」

帯を解きはじめた民を見て、茂助が股間を熱くさせながら言うと、彼女は事もなげに答えた。

茂助も手早く帯を解き、着物を脱いでいった。

たちまち部屋の中には、美少女の甘ったるい匂いが立ち籠めはじめ、彼女も小麦色の肌を露《あら》わにし、一糸まとわぬ姿になった。

彼女が布団に横たわると、茂助も全裸になって添い寝し、甘えるように腕枕してもらった。

「ああ、いい匂い……」

茂助は腋の下に顔を埋め、汗に生ぬるく湿った和毛《にこげ》に籠もる体臭を嗅ぎ、さらに上から吐きかけられる甘酸っぱい息に酔いしれて言った。

腋に舌を這わせると、淡い汗の味が感じられた。

「あん、くすぐったいわ……」

民がクネクネと身悶え、彼の顔を腋に抱えながら喘いだ。

茂助は美少女の匂いを貪ってから、そろそろと移動して薄桃色の乳首にチュッと吸い付いていった。

顔中を柔らかな膨らみに押しつけて舌で転がすと、すぐにもコリコリと硬くなってきたので、軽く歯を立てると、

「あう……、痛いわ……！」

民が呻き、声を上げて咎《とが》めるように言った。

「す、済みません。つい……」

「嚙むのは、してと言われたときだけよ」

民が言うと、茂助も優しく吸い、舐め回すだけにした。やはり頑丈な雪絵とか、熟れた女たちなら強い刺激が良いのだろうが、まだ十八ばかりの少女は嚙んではいけないようだった。

やがてもう片方の乳首も含んで舐め回すと、

「アア……」

ようやく民も心地よさそうに喘ぎはじめた。

そして左右の乳首を充分に味わうと、茂助は仰向けになった。

「どうか、立って顔を踏んで下さい……」

「まあ……」

言うと民は呆《あき》れたように声を洩らし、それでも身を起こしてくれた。

彼の顔の横に立ち、壁に手を突いて身体を支えながら、そっと片方の足を浮かせ、足裏を彼の鼻と口に乗せてきた。

「もっと強く、グリグリ踏みにじって下さい……」

「いいの？」

彼の要求に、民も戸惑いながらグリグリと踏みつけてくれた。

「ああ……」

茂助は快感に喘いだ。

四人たちに虐《しいた》げられるのは金輪際《こんりんざい》御免だが、美女や美少女になら、少々痛いことをされるぐらいが最も興奮した。

顔を横に向けると、足裏が頬全体に密着し、重みがかかった。

茂助はうっとりと味わいながら、再び仰向けになって足裏を舐め、汗と脂に湿った指の股に鼻を押しつけて蒸れた匂いを嗅いだ。

そして爪先にしゃぶり付き、全ての指の股を味わってから、足を交代してもらった。

茂助は、美少女の足の新鮮な味と匂いを堪能し、またグリグリと顔を踏まれて陶然となった。

見上げると、ムッチリした内腿に、陰戸から溢れた蜜汁が伝い流れはじめていた。民も、相当に興奮を高めているようだった。

「じゃ、跨いでしゃがんで……」

言うと、民もすぐ彼の顔に跨がり、厠《かわや》に入ったようにしゃがみ込んできた。

脹《ふく》ら脛《はぎ》と太腿が量感を増して張り詰め、すでに濡れている陰戸が彼の鼻先に迫ってきた。

ぷっくりした割れ目から花びらがはみ出し、僅かに開いてヌメヌメする柔肉と息づく膣口の襞、ツンと突き立ったオサネが覗いていた。

茂助は下から両手で腰を抱え、柔らかな若草に鼻を埋め込んだ。

生ぬるい湿り気とともに、甘ったるい汗の匂いとほのかに刺激的な残尿臭が悩ましく鼻腔を満たしてきた。

「いい匂い……」

「あん、恥ずかしいわ……」

思わず真下から言うと、民が羞恥に声を震わせ、クネクネと腰を動かした。

茂助は美少女の体臭を貪り、舌を這わせていった。

収縮する膣口の襞を掻き回すと、トロリとした淡い酸味の蜜汁が舌を伝って流れ込んできた。

オサネを舐め回すと、

「アア……、いい気持ち……」

民が熱く喘ぎ、思わずキュッと彼の顔に座り込みそうになって、懸命に両足を踏ん張った。茂助はチロチロと弾くようにオサネを舐めては、泉のように溢れる蜜汁をすすり、悩ましい匂いに酔いしれた。

さらに白く丸い尻の真下に潜り込み、顔中にひんやりした双丘を受け止めながら、谷間の可憐な蕾に鼻を埋め込んで嗅いだ。

秘めやかな微香が馥郁《ふくいく》と籠もり、茂助は美少女の恥ずかしい匂いで胸を満たしながら、舌先で細かな襞を味わった。

充分に濡らしてヌルッと潜り込ませると、

「あう……」

民が呻き、キュッキュッと肛門で彼の舌先を締め付けてきた。

茂助は滑らかな粘膜を舐め回し、美少女の股を舐めている悦びと興奮に高まった。

再び陰戸に戻ってヌメリを舐め取り、オサネに吸い付いていくと、

「も、もういいわ。充分……」

民が息を弾ませて言い、自分から股間を引き離すと、仰向けの彼の身体を移動していった。そして茂助を大股開きにさせて真ん中に腹這い、まずはふぐりを舐めてくれた。

「アア……」

今度は茂助が喘ぐ番だ。彼は身を投げ出し、美少女の愛撫に身を委《ゆだ》ねた。

民はチロチロと袋全体を舐め回し、熱い息で肉棒の裏側をくすぐりながら、念入りに睾丸を転がしてくれた。

さらに彼の脚を浮かせ、肛門も舐めてヌルッと舌を潜り込ませてきた。

「く……、気持ちいい……」

茂助は美少女の舌を受け入れて呻き、モグモグと味わうように肛門で締め付けた。

彼女も内部でクチュクチュと舌を出し入れさせてから、引き抜いて脚を下ろし、ふぐりを通過しながら一物の裏側を舐め上げてきた。

舌先で鈴口から滲む粘液を舐め取り、張り詰めた亀頭にしゃぶり付きながらスッポリと喉の奥まで呑み込んでいった。

「ああ……、いい……」

茂助は快感に喘ぎ、美少女の口の中で唾液にまみれた一物をヒクヒク震わせて高まった。

「ンン……」

民は小さな口に深々と頬張って呻き、熱い鼻息で恥毛をくすぐった。そして上気した頬をすぼめて吸い付き、内部で舌をからみつかせた。

一物は清らかな唾液に生温かく浸り、民は顔を小刻みに上下させ、スポスポと摩擦してから、ようやく口を離してくれた。

茂助が彼女の手を引いて抱き寄せると、民も素直に茶臼《ちゃうす》（女上位）で跨がり、先端を陰戸に受け入れていった。

「あぁッ……、いい気持ち……」

ヌルヌルッと一気に根元まで受け入れると、民は顔を仰け反らせて喘ぎ、ピッタリと股間を密着させて座り込んだ。

茂助も肉襞の摩擦と熱いほどの温もり、きつい締め付けに包まれて快感を嚙み締めた。

やがて民が身を重ねてきたので、茂助も抱き留めながら僅かに両膝を立て、温もりと感触を味わいながら少しずつ股間を突き上げはじめた。

「アア……、奥まで感じるわ……」

民が近々と顔を寄せて喘ぎ、突き上げに合わせて腰を遣ってくれた。

茂助は滑らかな摩擦を味わいながら、美少女の唇を求めていった。

ぷっくりした唇が密着すると、舌を挿し入れて滑らかな歯並びを舐め、桃色の歯茎まで探った。

「ンン……」

民も歯を開いて彼の舌を受け入れ、チュッと吸い付いて熱く鼻を鳴らした。

舌をからめると生温かな唾液に濡れた美少女の舌がチロチロと可憐に蠢き、茂助は甘酸っぱい果実臭の息にうっとりと酔いしれた。

「唾をもっと……」

囁くと民は大量の唾液を分泌させ、トロトロと口移しに注ぎ込んでくれた。

若いぶん汁気も多く、いくら喘いで口中が渇き気味になっても、その気になればすぐ出てくるようだった。

茂助は生温かく小泡の多い粘液を味わい、うっとりと飲み込んだ。

「顔中にも……」

言うと民は、彼の鼻筋にもクチュッと垂らしてくれ、それを舌で顔中に塗り付けてくれた。

「アア……。い、いく……！」

茂助は美少女の甘酸っぱい匂いと舌の感触に包まれ、激しく股間を突き上げながら昇り詰めてしまった。そして快感とともに、大量の精汁をドクンドクンと勢いよく注入すると、

「いく……、気持ちいい……。アアーッ……！」

噴出を受け止めた途端、民も声を上ずらせて口走り、ガクンガクンと痙攣を起こして気を遣ってしまった。

茂助は収縮する膣内に心置きなく出し尽くし、すっかり満足しながら、徐々に動きを弱めて余韻を味わったのだった。

第五章　氷の如《ごと》き姫君を濡らせ

一

「今度の依頼というのは……？」

茂助は、源之助と雪絵に案内されながら聞いた。向かっているのは築地《つきじ》方面である。

「お美津さんの話では、さる藩のご家老から、姫君を手籠《てご》めにしてくれとの依頼だ」

「は、藩？　ご家老……？」

源之助に言われて、茂助は目を丸くした。

茂助はまだ何も聞かされず、単に仕事だというので湯屋の帰りに呼び出されて、三人で歩いているだけなのだ。

だが、源之助と雪絵は、もう内容を知っているらしい。

「ああ、藩名も、家老の名も明かせぬということだが、近々輿入《こしい》れする姫君がどうにも感じぬとの乳母《うば》の報告で、家老が決意し、かねてより知り合いだったお美津さんに相談したらしい」

「そんなことが……」

茂助は驚いて絶句した。

どうやら大事な藩同士の関係があり、どうにも子を成してもらわねば困るのだろう。だから近々に迫っている婚儀の前に、姫君に情交の悦《よろこ》び、少なくとも興味を植え付けたいとのことである。

しかも、何も感じないのでは若殿の気分を害するかも知れず、何かと今後の関係に支障をきたすことを懸念しているようだった。

しかし、そのようなことがあるものだろうか。

むろん家老の独断で、その秘密を知る者は他にいないのだろうが、家老が姫君に悦びを教えるよう手籠め人に依頼するとは、茂助には考えられないことだった。

それほど大名家には、下々《しもじも》には分からぬ事情があり、情交一つするにも大変なことらしい。

これから向かっているのは、築地にある中屋敷ということだった。藩邸を上屋敷とすると、中屋敷は火事や地震などで藩主が避難するために設けられた別邸である。

そこに姫君が、療養という名目で来ているようだ。

家老は、姫君に対し医師の精密な見立てがあると口実を使い、中屋敷詰めの家臣や奥女中、奉公人たちを出払わせたらしい。

源之助が医師、茂助はその手伝い、雪絵は警護という名目で出向くことになった。

やがて中屋敷に着くと、式台で家老らしき立派な武士が出迎えてくれた。

「では、何卒《なにとぞ》よろしく。儂《わし》も夕刻まで出ておりますので、居るのは千代《ちよ》という乳母のみです」

彼は三人を見てから辞儀をして言い、そのまま不安げな面持《おも》ちで出て行ってしまった。このように切羽詰《せっぱつ》まった悲痛な依頼が外へ漏れれば、自身の切腹のみならず、藩の恥になるだろうから慎重なようだった。

中に入ると、四十前後の千代が恭《うやうや》しく迎えてくれた。なかなかの美形で、程よく豊満な熟れ具合だった。

「では、こちらへ……」

千代が案内してくれた。予備の屋敷といっても、それなりに広く、庭も良く手入れされていた。

そして湯殿や酒肴《しゅこう》の仕度なども出来ており、酒好きの雪絵は目を輝かせた。彼女だけは警護という、あってなきような役目だから、寝所には立ち会わず、軽く一杯やっていれば良いのだろう。

「では、まずお話を伺いましょうか」

姫君の寝所へ行く前に、源之助が千代に言い、まずは別室で話を聞くことにした。

「月姫《つきひめ》様は、お身体の方は健《すこ》やかで、どこもお悪いところはありません」

千代が、物静かな口調で言う。

月という名も仮のものだろう。歳は十七ということだった。

「一通りの情交のことはお教えし、それなりの関心やご自身の役目についてはお分かりのことと存じます。ただ、指でオサネをいじっても濡れることはなくお乳も感じないようです。この分では、お輿入れしても痛いばかりで姫様がお可哀想で」

「なるほど、分かりました。ただ女同士で、少々指でいじったところで濡れるとは限りませんので」

源之助が言い、雪絵に頷《うなず》き掛けた。

すると雪絵が大小を置いて立ち上がり、手早く袴《はかま》と着物を脱ぎ去り、たちまち一糸《いっし》まとわぬ姿になって横たわった。

「どのようにお教えしたか、この者にしてみて下さい」

「は、はい……」

言われて、千代は頷きながら仰向けの雪絵ににじり寄った。

雪絵も神妙に、鍛えられた肌を晒《さら》していた。高い報酬をもらううえ、只酒《ただざけ》を飲むわけにもいかないので彼女も真剣だった。

千代はそっと雪絵の乳首を微妙な触れ方で愛撫し、左右を均等に刺激してから股間へと指を這わせていった。

雪絵も、やはり羞恥があるのか反応を我慢しているようで、息を詰めながら股を開いていった。

千代も遠慮がちに陰唇を開き、膣口から柔肉を撫《な》で回し、オサネにも触れていった。

むろん愛撫の専門家ではなく、自分が感じるように姫に施《ほどこ》したのだろうから割に単調な指の動きだった。

「あ……」

しかし雪絵は小さく声を洩らし、ビクリと下腹を波打たせた。

次第に指の動きに合わせ、クチュクチュと湿った音が聞こえてきた。

すでに男を知っているとはいえ、同じ女にいじられても感じて濡れるのだから、千代の愛撫でも充分なのかも知れない。

「も、もう結構……。充分に感じます……」

雪絵が言うと、千代も指を引き離し、彼女に懐紙《かいし》を渡した。

「と、このような程度ですが、姫様は一向に……」

千代は、自分も指を拭《ぬぐ》いながら言った。

さすがに千代も、月姫の陰戸《ほと》を舐めるような試みはしていないようだ。

なぜなら夫となる若殿が、姫の陰戸を舐めるようなことは絶対に有り得ないからだ。

いや、千代自身、そうした愛撫が下々に罷《まか》り通っていることを知らないのかも知れない。

とにかく大名は、口吸いをして少しいじって、すぐ交接というのが常識なのだろう。

「分かりました。ではオサネを舐めるようなことはしていないのですね」

「そ、そのようなことは決して……。それに、武家は誰もいたしませんでしょう……」

源之助が言うと、千代は驚いて答えた。

「確かに、これから夫になる方にはされなくても、そうした心地よさを知っていれば、事前に思ったり指で慰めたりして、交接に備えて濡らすことにも導きやすいです」

「ええ……。確かに姫様が、心地よさに目覚めてくれれば、それでよろしいのですが……」

千代がモジモジと言うと、源之助も頷いた。

その間に雪絵も、手早く身繕《みづくろ》いをしていた。

「今日情交してしまい、婚儀を終えた初夜に出血しなくても大丈夫ですか」

「構いません。むしろ、今日で孕《はら》んで下さる方が……」

源之助の問いに、千代が悲痛な面持ちで言った。

「え……？　それは、どういう……」

源之助が重ねて聞くと、千代も話してくれた。

夫となる若君は、まだ十五ということで、あまり壮健ではないようだ。

それでもとにかく、一度だけでも初夜に交接し精汁を中に放ってくれれば、子が出来ても不自然ではない。

むしろ初回で月姫が何も感じず、出来ぬまま終わり、以後若君の淫気が消え去ってしまうのが最も困るようなのだ。

誰の胤《たね》でも構わないというのを茂助は聞きながら、大名というのはつくづく建前だけなのだなと思った。

「お話は分かりました。では、月姫様にお目にかかりましょう。雪絵さんはあちらでお待ちを」

源之助が立ち上がって言い、雪絵には酒の用意された部屋へ行くように指示した。

そして茂助も源之助に従い、手を洗ってから千代の案内で屋敷の奥にある月姫の寝所へと向かっていった。

やがて千代が声を掛け、襖《ふすま》を開いて三人は中に入った。

月姫は、敷かれた布団の上に寝巻姿で座っていた。

別に気鬱《きうつ》で伏せっていたというわけではなく、医師が来るから仕度をして待っていたようだ。

家臣には療養と言ってあるので、彼女は結っていた黒髪を長く垂らし、さすがに透けるように色白の肌をしていた。

目が大きく口が小さく、人形のように整った顔立ちをして、胸もそれなりに膨《ふく》らみを持っていた。寝所内には、生ぬるく甘ったるい匂いが立ち籠め、茂助は股間を熱くさせてしまった。

二

「では姫様、少しお身体を診《み》させて下さい」

二人が恭しく挨拶《あいさつ》をし、源之助が言うと、千代が姫の背後に回って寝巻を脱がせていった。

白く形良い乳房が現れ、薄桃色の乳首が愛らしく、張りのある乳輪は光沢を放つほどだった。

寝巻の内に籠もっていた熱気が、さらに甘く揺らめいた。

源之助は、半身を起こしている月姫ににじり寄り、まずは指で瞼《まぶた》を開かせ、目の様子を見て、口を開かせ、舌や喉を覗《のぞ》き込んだ。

彼女も素直に応じていた。

さらに首筋に指で触れ、血の脈打ちを確認してから仰向けに横たえると、千代が乱れた寝巻を引き抜いて姫を全裸にさせた。

源之助は、彼女の乳房や腹を指で押して弾力を確かめ、触診しながら移動していった。

そして股を開かせ、陰戸を指で開いて中の様子まで見てから、いったん身を離したのだった。

「どこも悪くないですね。では姫様、これから情交をお教えしますので、私とこの者、茂助のどちらか、お好きな方をお選び下さいませ」

源之助が言った。

まずは、することは同じなので、姫君の好みで選ばせようというのだ。

すると月姫は、ためらいなく茂助の方を指した。あるいは源之助の、坊主頭が恐かったのかも知れない。

「承知しました。では茂助、頼むぞ。私は雪絵さんと待っている。何かあれば千代様にお知らせすると良い」

言うと源之助は立って、部屋から去っていった。

「わ、私が……？」

「はい、私は次の間に控えておりますので。ではよろしくお願い致します」

茂助が戸惑いながら言うと、千代が言って辞儀をし、隣の部屋へ行って襖を閉めた。

千代が次の間に居るとはいえ、寝所に二人きりになり、茂助は激しい興奮と緊張に見舞われた。

冤罪《えんざい》とはいえ半月も牢内《ろうない》にいた者が、何人もの女を相手に良い思いをし、今は大名の姫君に触れようとしているのだ。

しかも手籠め人と言うぐらいだから、なにも乱暴にしないまでも、源之助に任された以上、好きなように弄《もてあそ》んで良いと言うことなのだろう。

「では、私も脱ぎます……」

茂助は言い、立ち上がって帯を解き、ためらいなく手早く着物と下帯《したおび》を脱ぎ去っていった。

まだ緊張に、一物《いちもつ》は萎《な》えたままである。

それでも、好きにすることにした。やりすぎるようなことがあれば、隣室の千代がたしなめてくれるだろう。

全裸になって月姫の顔の方に股間を突き出すと、彼女も無垢《むく》な視線を注いできた。

「これが、入るのですか……」

初めて月姫が声を出した。物静かで可憐《かれん》な、鈴が転がるような声音《こわね》だった。

「はい、今は柔らかいですが、淫気が満ちると硬く突き立ちます」

「触れて構いませんか」

月姫が言い、細くしなやかな指を伸ばしてきた。情交への嫌悪感はなく、好奇心は充分にあるようだった。

指先が、そっと幹に触れ、徐々に先端に移動し、やんわりと握ってきた。

すると、手のひらの温もりと無垢な指の蠢《うごめ》きに、さすがに茂助も気後《きおく》れより快楽が先に立ち、ムクムクと変化してきた。

「動いています。少しずつ硬く……」

月姫が言ってニギニギと指を動かし、探るように包皮を剝《む》いてくれた。

ツヤツヤと張り詰めた亀頭が露出し、月姫は指先でそっと触れ、ふぐりにも指を這わせてきた。

「これは、お手玉のよう……」

「中に二つの玉があり、そこで子種を作っております」

「確かに二つ……」

月姫は呟《つぶ》くように言い、コリコリと優しく睾丸《こうがん》を確認した。

さらに袋をつまみ上げて肛門の方まで覗かれると、茂助自身もすっかりピンピンに突き立ち、隣室の千代の存在すら忘れて興奮してきてしまった。

やがて彼女が観察を終えたので、茂助も股間を引き離し、あらためて仰向けの生娘《きむすめ》を見下ろした。

「では触れますので……」

彼は言い、まずは月姫の乳房に屈《かが》み込んでいった。

指でそっと触れたが、さっき源之助に触れられたときと同じ、全く反応はなかった。

茂助は舌を這わせ、そっと吸い付きながら乳首を転がした。

それでも月姫の呼吸は、一向に乱れることはなかった。

「何も感じませんか？」

「少しくすぐったいだけ……」

訊《き》くと、彼女も普通の口調で静かに答えた。

茂助はもう片方の乳首も優しく含み、念入りに舐め回した。さすがに肌はきめ細かく磨きがかかり、診られる前に入浴したのか、甘い体臭も実に淡いものだった。

それでも刺激に反応して、乳首も多少コリコリと硬くなってきたが、月姫の息《いき》遣《づか》いは変わらないし、肌はピクリとも震えなかった。

茂助は彼女の腋《わき》の下にも顔を埋《うず》め込むと、ほんのり湿った和毛《にこげ》にはうっすらとした甘ったるい汗の匂いが感じられた。

舌を這わせると、

「ああ……」

月姫がか細く声を洩らし、ようやくビクリと肌を震わせた。

「くすぐったいですか」

「ええ……」

月姫は、さっきよりも心持ち身構えるように答えた。

さすがに大きな声を出すようなことはないが、くすぐったく感じるなら、それなりに心地よい反応も眠っているということだろう。

茂助は他の女にもするように肌を舐め下り、張りのある腹部と臍《へそ》を舌でくすぐり、太腿から足首までたどっていった。

そして足裏を舐めると、また彼女はビクッと脚を震わせた。

指の股に鼻を埋めて嗅《か》ぐと、うっすらと蒸《む》れた匂いが感じられ、その刺激が茂助の一物に伝わっていった。

爪先にしゃぶり付いて指の間を舐めると、

「く……！」

姫が呻《うめ》き、今度ははっきりビクリとした激しい反応があった。

彼は両脚ともしゃぶり、いよいよ脚の内側を舐め上げ、大股開きにさせて顔を股間に迫らせていった。

月姫も、幼い頃から何でも人に世話を焼いてもらってきていたから、特に羞恥心もなく両膝を全開にしてくれた。

白くムッチリとした内腿に頬ずりし、嚙むわけにもいかないので舌を這わせて感触を味わった。

そして陰戸に顔を寄せると、ほのかな熱気が感じられた。

ぷっくりした股間の丘に楚々《そそ》とした恥毛が煙り、割れ目からは僅《わず》かに桃色の花びらがはみ出しているだけだ。

指を当ててそっと広げると、無垢な膣口が襞を入り組ませて閉じられ、ポツンとした尿口の小穴が見え、包皮の下からは小粒のオサネが僅かに顔を覗かせていた。

そして割れ目の下の方には、尻の谷間の可憐な蕾《つぼみ》も見えていた。大名の姫君でも大小を排泄する穴はあり、微妙な違いこそあれ大まかな作りは誰も一緒だった。

茂助は顔を埋め込み、柔らかな若草に鼻を擦《こす》りつけて嗅いだ。汗とゆばりの混じった匂いが淡く籠もっていたが、それは物足りないほどの微香であった。

舌を這わせ、内部に挿《さ》し入れて膣口をクチュクチュ掻き回した。ほんのりと汗かゆばりか分からない微妙な味わいがあり、充分に柔肉を舐めてからオサネまで舌先でたどっていった。

しかし、反応はなく、内腿の締め付けや下腹の震えもなかった。

舐めながらそっと見上げると、不思議そうにこちらを見ている月姫と視線が合ってしまった。

茂助の方が羞恥を覚えてしまい、それでも必死に感じさせようとオサネを舐め回したが、月姫の呼吸は一切乱れることがなく、淡い酸味のヌメリが増してくる様子もなかった。

三

（なるほど……。これは厄介《やっかい》な……）

茂助は舐めながら思った。

千代や家老が懸念するのも無理はない気がした。

実際は、こうして舐めて唾液に濡らせば交接は可能だろう。だが大名の若殿が舐めるわけはないから、残された手立ては、姫が自分で事前に唾液で濡らすことしかないかも知れない。

「なぜ、そのようなところを舐めるのですか。汚いでしょう」

月姫が物静かに言った。

「心地よくありませんか？」

「少し、くすぐったい気はしますが……」

月姫は答えたが、やはり感じているふうはなかった。

茂助は彼女の腰を浮かせ、尻の谷間に鼻を埋め込み、双丘を顔中に感じながら嗅いだ。しかし蕾にはほのかな汗の匂いだけで、生々しく秘めやかな匂いは籠もっていなかった。

舌を這わせ、細かな襞を唾液に濡らし、ヌルッと浅く潜り込ませて粘膜を味わったが、ここでも特に反応はなく、肛門の収縮も締め付けもさして感じられなかった。

またもや、なぜ舐めるのかと訊かれそうなので、茂助は適当なところで舌を引き抜き、彼女の脚を下ろして再び陰戸に舌を戻した。

そしてオサネを吸い、指を膣口に当てて潜り込ませ、内壁を小刻みに擦りはじめた。

「あ……」

「痛いですか？」

「いえ……、何やら変な心地に……」

初めて、月姫が息を詰めて小さく答えた。

あるいは、乳首もオサネも一切感じず、中のみが感じるたちなのかも知れない、と茂助は思った。

だから彼は、オサネへの舌の動きよりも中の指の蠢きに集中した。

細かな襞が収縮し、ときにキュッと指を締め付けてきた。指の腹で側面を擦り、天井の膨らみも圧迫すると、次第に僅かながら淡い酸味が感じられはじめたのだ。

(濡れてきた……?)

茂助は思い、さらに指の動きに熱を込めた。

「く……」

月姫も小さく呻き、次第に呼吸が弾みはじめてきた。

徐々に潤《うるお》いが増し、指の動きも滑《なめ》らかになりつつあった。

(これなら、入れられるかも知れない……)

茂助は確実に淫水が溢《あふ》れてきた頃を見計らい、やがてヌルッと指を引き抜き顔を上げた。

「では、入れますので、その前に一物を濡らして下さいませ」

茂助は言い、勃起した肉棒を構えて月姫の口に突き付けようとした。

すると、いきなり襖が開いて千代が入ってきた。

「お待ちを。それは私が……」

彼女が言った。さすがに、姫君に一物をしゃぶらせてはいけないと思ったのだろう。

しかし月姫は手を振って千代を追い払った。

「良い、私がする」

「し、しかし姫様……」

「千代、下がれ」

きっぱりと言われ、千代は渋々と辞儀をして次の間に去り、静かに襖を閉めた。なおも、はらはらしながらこちらの様子を窺《うかが》うのだろう。

茂助は、あらためて彼女の鼻先に一物を迫らせた。

月姫も、自分が濡れはじめたという自覚があるのかないのか、少なくとも余人を入れたくないという気持ちがあり、密かに気分が高まってきたのかも知れない。

彼女も顔を寄せ、茂助の股間に熱い息を吐きかけ、先端に唇を当てた。

高貴な唇が亀頭に触れ、間からヌラリと舌が伸びて鈴口《すずぐち》を舐めてくれた。

そして滲《にじ》む粘液を舐め取ると、張り詰めた亀頭を小さな口に含み、頬をすぼめてチュッと吸い付き、中ではチロチロと舌を蠢かせてきた。

「ああ……」

茂助は畏《おそ》れ多い快感に喘《あえ》ぎ、唾液に濡れた一物をヒクヒクと震わせた。

月姫も、小さな口に精一杯頬張り、たっぷりと唾液に濡らして吸い付いてくれた。

彼が小刻みに腰を前後させると、

「ンン……」

月姫は小さく呻き、やがて苦しげにチュパッと口を離した。

「どうか、夫君になられる方には、ご自身からこのような行いはなさいませんように……」

茂助は言い、彼女の股間に戻った。

そして股間を進め、清らかな唾液にまみれた亀頭を、無垢な割れ目に押し当て、ゆっくりと膣口に押し込んでいった。

「く……」

さすがに破瓜《はか》の痛みに、月姫が眉をひそめて小さく呻いた。

「大丈夫ですか。うんと痛ければ止《よ》します」

「大事ありません……」

気遣って囁《ささや》くと、姫が答えたので、茂助もそのまま欲望を抱えて奥まで突き進んだ。

大名の姫君は声を洩らすことなく、深々と受け入れてキュッときつく締め付けてきた。茂助も股間を密着させ、根元まで納まった一物を、温もりと締め付けの中でヒクヒクと震わせた。

茂助は生娘の感触を味わいながら、そろそろと片方ずつ脚を伸ばして、身を重ねていった。

姫君にのしかかって大丈夫だろうかと思ったが、どうせ彼女の人生では本手《ほんて》（正常位）以外の体位は体験しないだろう。

すると、下から月姫が両手を回し、しっかりとしがみついてきたのだ。

（え……？　そんなに痛がっていない……？）

茂助は、熱っぽい眼差《まなざ》しで見上げている月姫を見下ろし、意外に思った。

確かに、同じ生娘だった圭のように膣内はきついが、何かが違う。

「ああ……、何やら……」

月姫が小さく声を洩らし、味わうようにキュッキュッと一物を締め付けてきたではないか。

（やはり、中が最も感じるたちだったのかも……）

茂助は思った。

確か源之助から借りた本、彼の亡き師匠が書き残した『淫学事始《いんがくことはじめ》』には、稀《まれ》に中だけが感じて気を遣《や》る女がいると書かれていた。

初回から感じるのなら、いかに千代が乳首やオサネをいじっても反応がなかったのも無理はなかった。まさか千代も、指まで入れないだろうから分からなかったのだろう。

決して月姫は、全く感じない女ではなく、愛撫よりもむしろ交接のみに燃える性質だったのである。

（実際にいるのだな、こういう女が。しかも選《よ》りによって大名の姫君に……）

茂助は驚きながら、様子を探るように徐々に腰を動かしはじめた。

「く……」

月姫が、小さく息を呑んだ。

苦痛ではなく、明らかに快楽を得た戸惑いに呻いたのだ。しかも膣内が艶《なま》めかしく収縮し、歯のない口が舌鼓《したつづみ》でも打つような蠢きが繰り返され、一物が締め付けられ、さらに吸い付くような感覚があった。

これは、何も知らぬ虚弱な若殿の妻にするには勿体《もったい》ないほど稀な名器かも知れない。

淫水の量が急激に増し、律動が滑らかになってクチュクチュと湿った摩擦音が聞こえてきた。

「う……」

月姫が締め付けながら呻いた。さすがに大きな喘ぎ声を出すようなことはしないようだ。

動きながら、茂助は姫の喘ぐ口に鼻を押しつけて熱い息を嗅いだ。

ほとんど無臭で、ほんのりと甘酸っぱい果実臭が感じられたが、あまりの微香で物足りなかった。

高貴で可憐な姫君だが、女としては茂助にとって、あまり面白くない種類であった。あるいは、入浴前のナマの体臭を嗅げば、もう少し興奮も増してくることだろう。

唇を重ねて歯並びを舐めると、姫もぎこちなく舌をからめてきた。

茂助は湿り気ある息を嗅ぎながら、生温かな唾液に濡れた舌を舐め回し、腰を遣ううち高まってきた。

「く……！」

たちまち彼は昇り詰めて呻き、熱い精汁をドクンドクンと勢いよく月姫の奥深くにほとばしらせていた。

四

「ああ……！」

噴出を感じた途端、月姫が熱く喘ぎ、キュッキュッと膣内を艶めかしく収縮させてきた。さらにガクガクと腰を跳ね上げるように上下させ、全身を小刻みに痙《けい》攣《れん》させたのだ。

これは、明らかに気を遣ったときの反応である。

（初回から……）

茂助は快感の中、心置きなく射精しながら驚いていた。

膣内が異様に感じ、さらに奥深い部分に精汁の直撃を受けると、たちまち気を遣ってしまったようだ。

月姫は、生まれて初めての快楽に戦《おのの》きながら喘ぎ、いつまでもクネクネと身悶《みもだ》えていた。

茂助も快感を味わい、最後の一滴まで出し尽くし、満足しながら徐々に動きを弱めていった。

そして収縮の続く膣内でヒクヒクと幹を震わせ、姫君の上品な吐息を間近に嗅ぎながら、うっとりと快感の余韻を味わった。

彼女もか細く息を震わせながら、グッタリと強《こわ》ばりを解いて力を抜き、四肢を投げ出した。

やがて呼吸を整えると、茂助はそろそろと身を起こして股間を引き離した。

懐紙を手にして手早く一物を拭い、姫の股間に潜り込もうとすると、襖が開いて千代が入ってきた。

見ると、月姫の陰戸は陰唇がめくれ、逆流する精汁に僅かに血が混じっていた。

千代が懐紙を取り、そっと陰戸を拭い、確実に挿入体験をしたことを確認したようだ。

「痛みますか、姫様」

拭いながら千代が言った。

「最初は少しだけ。でも最後の方は、宙に舞うような心地よさで、大きな声が出そうになるのを堪《こら》えました……」

「まあ……、そんなによろしかったのですか……」

姫の言葉に、千代が驚いて始末を続けた。

「どうやら、奥へ行くほど感じるたちのようです」

茂助が、全裸のまま神妙に座って千代に報告した。

「左様ですか……」

「今後は、この快楽を楽しみに、事前に濡れることも叶《かな》うでしょう」

「ええ、安堵《あんど》いたしました。それにしても、淫水が止まりません……」

千代は月姫の陰戸を拭いながら言った。

見ると、姫の割れ目からは後から後から淫水が溢れ、膣口は貪欲《どんよく》に男根を求めるように、収縮を繰り返していた。

「ち、千代……。もう一度したい……」

と、月姫が息を弾ませて言った。

「分かりました。大丈夫でしょうか、何でしたら源之助殿と交代を」

千代が茂助に言うと、月姫が止めた。

「いや、その方が良い」

「はい、では私がもう一度」

姫が彼を選ぶと、茂助も淫気を甦《よみがえ》らせて答えた。そして千代も、萎えることなく屹立《きつりつ》した一物を見て目を丸くした。

「で、では、もう一度お願い致します……」

「その前に、千代様にお願いが」

「何でございましょう……」

「淫気を高めるため、千代様の陰戸を舐めさせて下さい。姫様はあまりに匂いが薄く、今ひとつ高まりが欲しいのです」

茂助が言うと、千代は真っ赤になり、しかしこれも忠義と思いモジモジと頷いた。

「しょ、承知致しました……」

千代は答えて立ち上がり、そろそろと裾《すそ》をめくっていった。忠義もあるが、すでに姫と茂助が全裸だから、それほどの抵抗もないのだろう。

やがて千代が仰向けになった。上半身が着衣のまま、色白の熟れた下半身が露《あら》わになるのは何とも艶めかしい眺めだ。

「失礼、これも……」

茂助は彼女の足に近づき、白足袋《しろたび》を脱がせてしまった。

そして足首を摑《つか》んで浮かせ、足裏に舌を這わせ、縮こまった指の股に鼻を押しつけると、ようやく汗と脂《あぶら》に湿って蒸れた匂いが濃厚に感じられ、その刺激が心地よく一物に伝わってきた。

「良かった。匂いが濃くて……」

「アア……！」

千代は熱く喘ぎ、激しい羞恥に身悶えた。もちろん彼女も武家として、このような行為をされるのは生まれて初めてのことだろう。

茂助は爪先にしゃぶり付き、指の股を全て舐め回し、もう片方も味わい尽くした。

千代は、姫君の前だから必死に喘ぎ声を堪えていたが、どうにも息が弾んでしまい、少しもじっとしていられないほど熟れ肌を悶えさせた。

やがて茂助は腹這い、千代の脚の内側を舐め上げながら股間に迫った。

内腿は張りと量感があり、うっすらと血管が透けて実に色っぽかった。

舌を這わせていくと、股間から発する熱気と湿り気が茂助の顔中を包み込んできた。

見ると、黒々と艶《つや》のある恥毛が密集し、割れ目からはみ出す陰唇は興奮に色づき、間からは白っぽい粘液が溢れ出していた。

どうやら茂助と姫の情交を覗き見ているときから、興奮に濡れはじめていたのだろう。

指で陰唇を広げると、襞の入り組む膣口が羞じらうようにキュッと収縮し、光沢ある大きめのオサネもツンと突き立っていた。

茂助は彼女の股間に顔を埋め込み、柔らかな茂みに籠もる匂いを貪《むさぼ》った。

甘ったるい汗の匂いが濃く籠もり、ゆばりの匂いも入り混じって鼻腔《びこう》を悩ましく掻き回してきた。

「いい匂い……」

「く……」

思わず股間から言うと、千代が息を詰めて呻き、キュッと彼の両頬を内腿で挟み付けてきた。

茂助は舌を這わせ、淡い酸味のヌメリをすすり、息づく膣口からオサネまで味わいながら舐め上げていった。

「あう……！」

オサネを舐めると千代が呻き、淫水の量が増してきた。

茂助はチロチロと舐めてから彼女の脚を浮かせ、白く豊満な尻の谷間にも鼻を押しつけていった。薄桃色の蕾には秘めやかな微香が籠もり、茂助はゾクゾクと興奮しながら舐め回した。

「ヒッ……」

ヌルッと潜り込ませると千代が息を呑み、キュッと肛門で舌先を締め付けてきた。

茂助は滑らかな粘膜を味わってから、再び陰戸に戻って新たな淫水をすすり、オサネにも吸い付いていった。

「ど、どうか、もうご勘弁を……」

千代が声を上げそうになり、必死に腰をよじって哀願した。

そんな様子を、月姫が熱心に見守っていた。

ようやく茂助も股間から顔を引き離し、仰向けになって言った。

「出来れば、茶臼《ちやうす》（女上位）がしたいのですけれど構いませんか」

「え、ええ……。これきりのことですから、良いでしょう……」

姫が上になるのだから、千代としてはすんなり応じてくれた。どうせ月姫も茶臼が病みつきになって、今後若殿に求めるとも思えないのだ。

「茶臼とは何？　千代が先にして手本を見せて」

「は、はい……」

月姫に言われ、千代は身を起こして答えた。

そして裾をめくり、仰向けになった茂助の股間に跨《また》がり、先端を陰戸に押し当ててきた。

息を詰めて腰を沈めると、一物は濡れた陰戸にヌルヌルッと滑らかに呑み込まれていった。

「く……！」

千代は顔を仰《の》け反《ぞ》らせて呻き、根元まで受け入れて股間を密着させてきた。

茂助も、肉襞の摩擦と温もり、締め付けに包まれながら激しく高まった。

千代は上体を起こしたまま、小刻みに腰を上下させ、ピチャクチャと淫らに湿った音を響かせた。

「こ、このようにするのです。さあ、では姫様が……」

千代は必死に喘ぎ声を堪えながら言って動きを止め、すぐにも腰を上げて引き抜いてしまった。

するとも月姫が同じように跨がり、千代の蜜汁にまみれた先端を膣口に当て、ゆっくりと座り込んできたのだった。

五

「アア……」

月姫がか細く声を洩らし、根元まで深々と受け入れ、ぺたりと茂助の股間に座り込んだ。

さっきより潤いが多いので、挿入も実に滑らかで、茂助は温もりと締まりの良さに陶然《とうぜん》となった。もう痛みもないようで、月姫も先ほどのような快楽を得たくてキュッときつく締め付けてきた。

「また、さっきのように心地よさが……」

月姫は言い、迫る絶頂に息を震わせた。

そして上体を起こしていられなくなったように身を重ねてきたので、茂助も抱き留めた。

喘ぐ口に鼻を押しつけると、多少口中が渇き気味になってきたか、甘酸っぱい匂いがさっきよりやや濃く感じられ、その悩ましい刺激が膣内の一物に伝わってきた。

「どうか、千代様もこちらにお口を……」

茂助が言って引き寄せると、千代も添い寝し、言われるまま彼に唇を重ねてくれた。

ぽってりとした肉厚の舌を舐めると、それは生温かな唾液にたっぷり濡れて滑らかに蠢いた。千代の息は熱く湿り気を帯び、白粉《おしろい》のように甘い刺激を含んでいた。

茂助は執拗《しつよう》に舌をからめ、熟れた美女の唾液と吐息に酔いしれながら、ズンズンと股間を突き上げはじめた。

「く……」

すると月姫も快感に呻き、割り込むように舌を這わせてきた。

さらに彼は、千代の股間に手を潜り込ませていった。

「ンン……」

まだ熱い淫水にまみれている陰戸を指で探ると、千代が息を弾ませて鼻を鳴らした。

指先で茂みを掻き分け、ヌメリを付けてオサネをクリクリと愛撫すると、さらに千代は濡れてきた。さっき茂助に舐められ、乾く間もないほど興奮を持続させていたようだ。

月姫も初体験だが、千代にとってもまた多くの初めての体験をし、姫の前だというのに気を遣りそうになっているのだろう。

茂助も興奮し、月姫の膣内で小刻みな摩擦を繰り返し、二人分の唾液と吐息を吸収しながら、なおも執拗に千代のオサネをいじった。

「ウ……！」

感じるたび、千代がビクリと熟れ肌を震わせて呻き、新たに湧き出す淫水で陰戸をビショビショにさせた。

まるで三人は、それぞれの快感を伝え合うように悶えはじめた。

茂助は二人分の混じり合った唾液を味わい、それぞれの舌を舐め回しながらかぐわしい息に酔いしれた。

「どうか、もっと唾《つば》を……」

口を触れ合わせたまま囁くと、千代が懸命に唾液を分泌させてトロリと注いでくれ、月姫も清らかな唾液を吐き出してくれた。

茂助は混じり合ったヌメリでうっとりと喉を潤し、突き上げを激しくさせていった。

「あう……、また……」

と、月姫が息を詰めて言うなり、ガクガクと全身を小刻みに震わせ、膣内の収縮も最高潮にさせた。

どうやら、さっき以上に大きく気を遣ってしまったようだ。

茂助も高まり、姫に合わせて大きな快感に全身を貫かれ、そのまま昇り詰めていった。

ありったけの熱い精汁を、勢いよくドクドクと注入すると、

「う……、あ、熱い……」

月姫が噴出を感じて呻き、精汁を飲み込むようにキュッキュッときつく締め付けてきた。

すると、千代もオサネをいじられて狂おしい痙攣を開始した。

「あぁッ……！」

千代も熱く喘ぎ、三人が同時に絶頂を迎えたのだった。

茂助は心ゆくまで快感を味わい、最後の一滴まで出し尽くし、徐々に突き上げを弱めていった。

「アア……」

姫も満足げに声を洩らし、ヒクヒクと肌を震わせながら、徐々に力を抜いて彼にもたれかかってきた。千代も精根尽き果てたように身を投げ出し、ようやく彼は陰戸から濡れた指を引き離した。

茂助も、姫君への二度の射精にすっかり満足し、何度も内部でピクンと幹を過敏に震わせた。そのたび、月姫も感じたようにキュッときつく締め付けて応えてくれた。

「ああ……。このような心地、初めて……」

「千代も良かったのね。私も……」

千代が息を弾ませて言うと、月姫も満足げに言った。

茂助は身を投げ出し、月姫と千代の、混じり合ったかぐわしい息を嗅ぎながら、うっとりと快感の余韻を嚙み締めたのだった……。

——茂助は、湯殿を借りてから身繕いをした。

月姫は、初めての体験にすっかり満足し、そのまま心地よい眠りについてしまったようだ。

これで彼女も、情交を怖がることなく、少々未熟の若殿相手にも期待に濡れて、恙《つつが》なく子を成すことが出来るだろう。

茂助は、源之助と雪絵の待つ別室へと戻っていった。

雪絵は、酒肴にすっかり良い気分になっているようだ。

「上出来だ。私がしても、お前以上のことは出来なかっただろう」

源之助が言い、酒を注いでくれた。

「ご、ご覧に……？」

「それは当たり前だ。首尾を見届けるのも私の役目だからな」

源之助が言い、茂助は羞恥を覚えながら一息に杯を干した。酒を飲む習慣はないが、今は渇いた喉に心地よく沁み込んだ。

しかし女ならともかく、やはり同じ男に見られるのはきまりが悪かった。

恐らく源之助は、千代とは反対側の襖の隙間から成り行きを窺っていたのだろう。

「だが、こたびは運が良かった。世の中には、どうやっても感じず濡れず、石のような女がいるものだ」

「はい、『淫学事始』で読みました」

「それにしても、初回から中が感じるという女がいるのだなあ。姫君にしておくのは勿体ない」

源之助は、茂助が思ったのと同じようなことを言った。

やがて料理もあらかた片付いた頃、千代が恭しく部屋に入って来て、礼金を差し出してきた。

「どうも有難うございました」

「ええ、姫様のご様子は？」

源之助が訊いた。

「すっかり、心地よさそうに眠っております。それにしても驚きました。初めてなのに、あれほどになるとは、さすがにお若いのに手籠め人と呼ばれるお方は違います……」

「ええ、これで婚儀を心待ちにして、情交に慣れていない若殿相手でも、自在に濡れて受け入れることが出来るでしょう」

「はい……、大変お世話になりました」

千代が、まだ興奮と快感の余韻が残っているように耳たぶを染め、チラと茂助を見て辞儀をした。今度は、姫様抜きで二人きりで会いたいような素振りだった。

この二回の射精で月姫が孕んだかどうかは定かでないが、間もない婚儀で、月姫が輿入れしてしまえば、もうあとは子が出来ようと出来まいと、手籠め人に関わりはないのだった。

もっとも、輿入れ先が手籠め人の噂《うわさ》を聞き、どうにも孕ませてほしいという依頼でもあれば別であるが。

「では、私どもはこれにて」

源之助が言うと、やがて三人は立ち上がり、家老が戻るのを待たず中屋敷を辞した。

千代もいたく感心していたので、今日の報告を聞けば、家老も安心することだろう。

「さて、私は患者が来るといけないので帰る。雪絵さんは？」

「私は、ほろ酔いだが、少し稽古《けいこ》して汗を流したいので道場へ戻る」

源之助と雪絵が言い、やがて三人は途中で別れた。

茂助も、今日はいろいろあってさすがに気疲れしたので、まだ日は高いが長屋へと戻っていった。

そして一期一会《いちごいちえ》であろう月姫や千代を思い出しながら、一眠りすることにしたのだった。

第六章　柔肌三昧《ざんまい》に酔いしれて

一

「女将《おかみ》さんに言われて来ました。本が出来ましたので、どうぞ」

茂助の長屋に、辰巳屋の圭が春本《しゅんぽん》を持ってやって来た。

彼は圭を中に入れ、本を見せてもらった。

「へえ、すごい……。やっぱり専門の絵師は違うね」

茂助は、数々の絵を見ながら言った。彼と圭のからみを香代が素描《そびょう》し、それを元に絵師が描き、版木を彫って摺《す》り師が仕上げると、見事に春画の豪華本になっていた。

「まだ無垢《むく》だったのに、こんな仕事をして嫌ではなかった？」

「いいえ、女将さんにはとっても良くして頂いてますので、全然嫌ではありませんでした」

圭は笑みを浮かべて答えた。

元々は明るい性格なのかも知れない。

あのときは、借金を返さなければならないし、恩のある香代の前だから仕方なく言いなりになっていたと思っていたが、それでも濡れていたのだから、身売りするよりずっと良かったと本人も思っているのだろう。

「それに、茂助さんもとっても優しかったので」

「そう、それなら良かった」

言われて、茂助はムクムクと勃起してきてしまった。

「でもこの絵、私はこんなに綺麗じゃありません」

「そんなことないよ。綺麗だよ。それより、すぐ帰らなくても大丈夫？」

訊《き》くと、圭は小さくこっくりした。

茂助は、圭の手を握って万年床の方へと誘った。

圭も羞じらいながら従い、彼が帯を解こうとすると、自分で脱ぎはじめてくれた。

やはり香代抜きで、美少女と二人きりになると全く気分が違い、茂助は激しい興奮に包まれた。

　脱ぐうちに、みるみる圭の肌が露《あら》わになってゆき、生ぬるく甘ったるい匂いが揺らめいた。茂助も手早く帯を解き、着物と下帯《したおび》を脱ぎ去って全裸になり、先に横になって待った。

「こうして」

　やがて圭が一糸《いっし》まとわぬ姿になると、彼女が添い寝する前に茂助は言い、足首を摑《つか》んで顔に引き寄せた。

「あん……」

　圭は小さく声を上げ、壁に手を突いて身体を支えながら足裏を彼の顔に乗せてしまった。茂助は美少女の足裏を顔中に感じながら舌を這わせ、指の間に鼻を割り込ませた。

　湿った指の股はムレムレの匂いが濃く沁み付き、茂助は陶然《とうぜん》となりながら嗅《か》ぎ、爪先にもしゃぶり付いた。

「アア……、駄目。汚いです……」

　圭が声を震わせて言ったが、彼は味と匂いを貪《むさぼ》り、さらに足を交代させた。

　そして両足とも存分に味わってから顔を跨《また》がせ、手を引いて圭をしゃがみ込ませた。

内腿がムッチリと張り詰め、生娘《きむすめ》でなくなったばかりの陰戸《ほと》が丸みを帯びて彼の鼻先に迫ってきた。

割れ目からはみ出した桃色の花びらが、うっすらと潤《うるお》い、指で広げると膣口の襞も蜜汁にまみれて息づいていた。

腰を抱き寄せて若草の丘に鼻を埋《うず》めて嗅ぐと、甘ったるい汗の匂いが馥郁《ふくいく》と鼻腔《びこう》を満たしてきた。ほんのりした残尿の刺激も悩ましく、舌を這わせると淡い酸味のヌメリが感じられた。

膣口を舐め回し、オサネを舌先でチロチロ探ると、

「ああッ……！」

圭が熱く喘《あえ》ぎ、思わずギュッと彼の顔に座り込んできた。

茂助も充分に美少女の味と匂いを堪能し、さらに白く丸い尻の下にも潜り込んでいった。

顔中にひんやりした双丘を受け止め、谷間の蕾《つぼみ》に鼻を押しつけると、汗の匂いに混じって秘めやかな微香が胸に沁み込んできた。

匂いを貪りながら蕾を舐めて襞の震えを味わい、ヌルッと潜り込ませて滑《なめ》らか

な粘膜も執拗《しつよう》に探った。

「く……」

圭が呻《うめ》き、キュッと肛門で彼の舌先を締め付けてきた。

茂助は舌を蠢《うごめ》かせてから、再び陰戸に戻って新たな蜜汁をすすり、オサネにもチュッと吸い付いていった。

「あう……。き、気持ちいい……」

圭も、次第に羞恥やためらいを捨て、素直に快楽を口に出しはじめた。

「ね、お圭ちゃん、ゆばりを出して……」

真下から言うと、彼女がビクリと内腿を震わせた。

「え……、駄目です。そんなこと……」

「ほんの少しだけでもいいから」

茂助は言い、執拗にオサネを舐めては、尿口あたりの柔肉を吸った。

「あん……、本当に出ちゃいますよ……。アア……」

圭が息を詰めて言い、ヒクヒクと白い下腹を波打たせた。

なおも舐め回していると、柔肉が迫《せ》り出すように盛り上がり、たちまち味わいと温もりが変わってきた。

そしてポタポタと雫《しずく》が滴《したた》り、生温かな流れがほとばしってきた。

茂助は夢中で口に受け、溢《あふ》れさせないように飲み込んだ。

味と匂いは実に控えめで抵抗がなく、勢いもそれほど強くないので噎《む》せるような心配もなかった。

あまり溜まっていなかったようで、流れはすぐに治まってしまった。

茂助が余りの雫をすすり、割れ目に舌を挿《さ》し入れて舐め回すと、すぐにゆばりの味わいが消え去り、新たな蜜汁のヌメリが満ちていった。

「も、もう駄目……」

圭が降参するように腰をよじって言い、しゃがみ込んでいられなくなって股間を引き離した。

茂助も仰向けのまま、彼女の顔を屹立《きつりつ》した一物《いちもつ》の方へと押しやった。

すると、圭もすぐに先端に口を寄せ、熱い息を股間に吐きかけながら舌を這わせてくれた。

鈴口《すずぐち》から滲《にじ》む粘液が舐め取られ、張り詰めた亀頭がしゃぶられた。

生温かく濡れた舌が亀頭に這い回り、可憐《かれん》な口が一物を含み、スッポリと喉の奥まで呑み込んでいった。

「ああ……」

茂助は快感に喘ぎ、美少女の口の中で、清らかな唾液にまみれた肉棒をヒクヒクと震わせた。

「ンン……」

喉の奥に先端が触れると、圭が呻き、熱い鼻息で恥毛をそよがせた。

そして上気した頬をすぼめてチュッと吸い付き、内部ではクチュクチュと舌を蠢かせた。

「ここも舐めて……」

茂助がふぐりを指して言うと、圭もチュパッと口を引き離して潜り込み、舌先でチロチロと袋を舐め、睾丸《こうがん》を転がしてくれた。

さらに彼女は、言われなくても茂助の腰を浮かせ、尻の谷間にまで舌を這わせてきた。

「アア……、気持ちいい……」

茂助は、美少女の舌で肛門をくすぐられながら喘ぎ、やがてヌルッと潜り込んでくると、モグモグと舌先を締め付けた。

圭も厭《いと》わず舌を蠢かせ、やがて彼が脚を下ろすと、再びふぐりを舌先で探ってから肉棒の裏側を舐め上げ、深々と呑み込んでくれた。

茂助は充分に高まり、やがて漏らしてしまう前に圭の手を握って引っ張り上げた。

彼女も素直に上になって茂助の股間に跨がり、自らの唾液に濡れた先端に陰戸を押し当て、ゆっくり腰を沈み込ませてきた。

張り詰めた亀頭が膣口を丸く押し広げ、ヌルヌルッと滑らかに呑み込まれていった。

「ああッ……！」

圭が顔を仰《の》け反《ぞ》らせて喘ぎ、根元まで受け入れて股間を密着させた。

茂助も温かく濡れた肉襞の摩擦と締め付けに包まれ、快感を嚙み締めながら美少女の重みを股間に受け止めた。

やがて両手を伸ばして抱き寄せると、圭もゆっくりと身を重ねてきた。

「痛くない？」

「ええ、平気です……」

気遣《きづか》って囁《ささや》くと、圭が小さく答え、キュッときつく締め付けてきた。

茂助は中でヒクヒクと幹を震わせ、顔を潜り込ませるようにして、美少女の薄桃色の乳首に吸い付いていった。

顔中に柔らかく張りのある膨《ふく》らみを受けながら、コリコリと硬くなった乳首を舌で転がすと、生ぬるく湿った腋《わき》からは甘ったるい汗の匂いが可愛らしく漂ってきた。

彼は充分に舐め回してから、もう片方の乳首も味わい、さらに腋の下にも顔を埋め込んでいった。

二

「ああ……、いい匂い……」

茂助が、美少女の体臭にうっとり酔いしれて言うと、圭がビクリと身を震わせた。

「駄目……。恥ずかしいです……」

「だって、もうあちこち全部嗅いでしまったよ」

羞じらいに声を震わせる圭に言うと、さらに激しい羞恥で彼女がキュッときつく締め付けてきた。茂助は執拗に圭の腋の下に鼻を擦《こす》りつけ、和毛《にこげ》に籠もった甘ったるい汗の匂いを貪り、舌を這わせた。

そして圭の肩に腕を回して押さえつけ、徐々にズンズンと股間を突き動かしながら、白い首筋を舐め上げ、可憐な唇に迫っていった。

熱く喘ぐ口から白く滑らかな歯並びが覗《のぞ》き、間からは湿り気ある甘酸っぱい息が洩れ、悩ましく鼻腔を刺激してきた。

鼻を潜り込ませて嗅ぐと、口の中の果実臭とともに、唇で乾いた唾液の香りもほのかに混じり、鼻腔を掻き回してきた。

茂助は、美少女の息の匂いに高まり、次第に勢いを付けて股間を突き上げはじめた。

「アア……！」

圭も熱く喘ぎながら、惜しみなく彼に息を吐きかけてくれ、大量の淫水を漏らして動きを滑らかにさせていった。

律動に合わせてクチュクチュと摩擦音が響き、溢れた分がふぐりや内腿まで生温かく濡らした。

やがて唇を重ね、柔らかな感触を味わいながら舌を挿し入れた。

八重歯《やえば》のある歯並びを舐め回し、奥に侵入して舌を探ると、圭も遊んでくれるようにチロチロと蠢かせてくれた。
茂助は生温かくトロリとした唾液に酔いしれ、肉襞の摩擦に激しく高まってい
った。
「もっと唾《つば》を出して……」
囁くと、圭も喘ぎながら懸命に唾液を吐き出し、小泡の多い粘液を彼の口に注
いでくれた。
茂助は味わい、心地よく喉を潤しながら、さらに彼女の口に顔中を擦りつける
と、圭もヌラヌラと舐め回してくれた。
鼻の穴を舐め、鼻筋から瞼《まぶた》、額まで舐めてもらうと思わず肩をすくめるほどに
くすぐったく、気持ち良かった。さらに彼女に耳を向けるとチュッと耳たぶを吸
い、耳の穴まで挿し入れてクチュクチュ舐めてくれた。
そして頬も舐めてもらうと、たちまち茂助の顔中は美少女の清らかな唾液でヌ
ルヌルにまみれた。
「い、いく……」
甘酸っぱい芳香に包まれながら、とうとう茂助は昇り詰めてしまった。
口走りながら大きな快感に貫かれ、同時に熱い大量の精汁をドクンドクンと勢

いよく美少女の柔肉の奥にほとばしらせた。

「あぁッ……、気持ちいい……！」

圭も、噴出を感じると同時に声を上ずらせ、ガクガクと狂おしく痙攣《けいれん》しながら気を遣《や》った。

やはり圭も、人に見られながらという通常ではない初体験を経ているせいか膣の感覚での絶頂が早いようだった。

膣内の収縮が活発になり、茂助は心ゆくまで快感を貪り、最後の一滴まで出し尽くした。

満足しながら徐々に動きを弱め、茂助はグッタリと身を投げ出した。

圭も肌の強《こわ》ばりを解いて力を抜き、彼に身体を預けて遠慮なくもたれかかってきた。

茂助はキュッキュッと収縮する膣内の刺激に過敏に反応し、内部でヒクヒクと幹を跳ね上げた。そして美少女の息を嗅ぎながら、うっとりと余韻を味わったのだった……。

——翌日、今度は辰巳屋の女将、香代が茂助の長屋を訪ねてきた。しかも絵の道具も持ってきたので、また何か頼みたいのだろう。

「一物を描きたいのだけれど。どうにも絵師の老先生が、自分のを見て描くばかりじゃ大きめに嘘をついているのが辛《つら》いなんて言うものだから」

香代が画帖を開き、矢立《やたて》を取り出しながら言う。

「ええ、構いません」

茂助は答え、すぐにも帯を解き着物を脱ぎ、下帯を取り去って布団に横たわった。今日はからみではなく、どうやら一物のみ、様々な角度から描きたいようだった。

「まだ勃《た》っていませんが……」

「ええ、順々に描くからそのままで」

香代は新品の筆を出し、彼の股間ににじり寄って言った。

「へえ、普段は皮かむりなのね」

彼女が言って、そっと指を這わせ、皮を剝《む》いて桃色の亀頭を露出させた。

そして筆を口に含んで唾液に湿らせ、穂先でチロチロと鈴口の少し裏側を刺激してきた。

「アア……」

茂助は妖《あや》しい快感に喘ぎ、たちまちムクムクと勃起していった。

唾液を含んだ穂先が、微妙な刺激で幹の裏側を這い、香代の熱い視線も相まって茂助の興奮を煽《あお》ってきた。

「昨日は、お圭を抱いたのね」

ようやく香代が墨を付け、画帖に筆を走らせながら言った。

「え、ええ……。いけなかったでしょうか」

茂助は、ムクムクと完全に勃起させながら素直に答えた。

「構わないわ。どうせするだろうと思ってお圭を寄越したのだから。それよりいずれ、お圭を嫁にもらってくれないかしら」

「え……?」

「それは、あんな淫らな仕事で出会ったのだから気が向かないかも知れないけど、まだ茂助さんしか知らないのだし、可哀想な子でね、良いところへうちから嫁に出したいと思っているのよ。茂助さんは優しいし、お圭も好きなようだから」

香代は、手の動きを休めずに言った。

「そ、それは、お圭ちゃんほどの美人なら、私は願ってもないですが、まだ急だし早いので……」

茂助は、ここでも正直に答えた。実は昨日、圭が帰ったあとやけに寂しく、ずっと居てほしいと思ったのである。

「もちろん、すぐというわけじゃないけど、口約束だけでも交わしていれば、お圭の気持ちはもっと明るくなるわ」

「ええ、一人前になったら、是非お願いします」

「そう、じゃ越中屋のお美津さんにも言って構わないわね」

「はい」

「お圭が喜ぶわ」

香代は言い、さらに画帖をめくり、違う角度から屹立した肉棒を描いた。

（そうか……、お圭と夫婦に……。それも悪くないな……）

茂助は思いながら、幸福の予感に胸を膨らませた。もちろん、それと他の女への淫気は別物だ。

やがて香代は、何枚かの絵を描き終え、画帖を閉じて筆をしまった。

「さ、これでいいわ。また良い春画になるでしょう」

彼女は言って立ち上がり、くるくると帯を解きはじめた。予想していたが、茂助も期待に胸を高鳴らせ、喜ぶ犬のようにヒクヒクと幹を振った。

そして一糸まとわぬ姿になると、香代は茂助の股間に屈《かが》み込み、パクッと亀頭を含んでモグモグと根元まで呑み込んでいった。

「ああ……」

茂助は快感に喘ぎ、温かく濡れた美女の口に深々と含まれて、クネクネと腰をよじらせた。

「ンン……」

香代も熱く鼻を鳴らして股間に息を籠もらせ、吸い付きながらクチュクチュと舌をからめてきた。茂助自身は、彼女の温かな唾液にどっぷりと浸りながら快感を味わった。

香代は貪るように吸い、顔を小刻みに上下させてスポスポと濡れた口で強烈な摩擦を繰り返した。

「い、いきそう……」

茂助が降参するように身悶《みもだ》えて言うと、さすがに彼女も動きを止め、スポンと口を引き離してくれた。やはり口に出されてしまうよりも、挿入が望みなのだろう。

「して……」

香代がとろんとした眼差《まなざ》しで言い、仰向けになってきた。

茂助も入れ替わりに身を起こし、彼女の股間に顔を寄せていった。

白くムッチリとした内腿を舐め上げ、熱気と湿り気の渦巻く陰戸に鼻を迫らせると、悩ましく熟れた体臭が顔中を包み込んだ。

はみ出した陰唇は興奮に色づき、すでに大量に溢れた淫水が肛門の方まで滴っていた。

茂助は顔を埋め込み、茂みに籠もった汗の匂いに噎せ返りながら、濡れた柔肉に舌を這わせていった。

三

「アア……、いい気持ち……」

息づく膣口からオサネまで舐め上げると、香代がビクッと顔を仰け反らせて喘ぎ、内腿できつく茂助の顔を挟み付けてきた。

彼は淡い酸味の蜜汁をすすりながら執拗にオサネを舐め回し、さらに腰を浮かせて尻の谷間にも鼻を押しつけていった。

秘めやかな微香を嗅いでから舌先で蕾を舐め、細かな襞を濡らしてからヌルッと潜り込ませた。

「く……」

香代が呻き、キュッと肛門で彼の舌を締め付けてきた。

茂助は粘膜を味わい、充分に舌を蠢かせてから再び陰戸に戻り、圭とは異なる熟れた体臭で鼻腔を満たした。

「入れて……」

香代が言い、舐めるのはもう良いというふうに股を全開にしてきた。

亭主持ちで、しかも圭の親代わりとなり、その許婚《いいなずけ》が相手でも遠慮なく淫気をぶつけてくるのが小気味よいほどだった。

茂助も身を起こし、股間を進めていった。

勃起した幹に指を添え、先端を濡れた陰戸に擦りつけて位置を定め、息を詰めてゆっくり挿入した。

たちまち、一物はヌルヌルッと心地よい肉襞の摩擦を受けながら、根元まで滑らかに吸い込まれていった。

「アアッ……！」

香代が熱く喘ぎ、深々と貫かれながら、若い一物を味わうようにキュッキュッと締め付けてきた。

茂助は股間を密着させ、温もりと感触を味わいながらまだ動かず、脚を伸ばして身を重ねていった。そして屈み込むと、色づいた乳首を含んで柔らかな膨らみを顔中で味わった。

強く吸うと、甘ったるい匂いとともに、また彼の舌を生ぬるく薄甘い乳汁《ちしる》が濡らしてきた。

「ああ……、もっと吸って……」

香代も豊かな膨らみを自ら揉《も》み、多くの乳汁を滲ませて喘いだ。

茂助は夢中になって美女の乳汁を飲み、うっとりと喉を潤しながら、もう片方にも吸い付いた。

充分に喉を潤すと、さらに香代の腋の下にも顔を埋め、生ぬるく湿った腋毛に鼻を擦りつけ、乳汁に似た濃厚な体臭で胸を満たした。

次第に、香代がズンズンと股間を突き上げはじめ、熱く息を弾ませた。

大量の淫水が溢れて動きが滑らかになり、茂助も合わせて腰を遣うと、クチュクチュと湿った摩擦音が聞こえてきた。

「アア……、気持ちいいわ……。奥まで響く……」

香代がうっとりと喘ぎ、下から彼の背に両手を回してしっかりとしがみついてきた。

茂助は首筋を舐め上げ、美女の喘ぐ口に鼻を押しつけた。

お歯黒の歯並びから洩れる息は湿り気を含み、甘い匂いにほんのり鉄漿《かね》の金臭い成分も入り混じって、悩ましく鼻腔を刺激してきた。

唇を重ね、舌を挿し入れると、

「ンンッ……！」

香代も熱く鼻を鳴らし、チュッと強く彼の舌に吸い付いてきた。

茂助もネットリと舌をからめ、美女の生温かな唾液をすすり、息の匂いに酔いしれながら腰の動きを激しくさせていった。

揺れてぶつかるふぐりまで淫水にまみれ、ヒタヒタと音を立てた。

「い、いきそう……。もっと突いて、強く奥まで……！」

香代が淫らに唾液の糸を引いて口を離し、声を上ずらせてせがんだ。

茂助は股間をぶつけるように激しく突き動かし、彼も急激に絶頂を迫らせていった。

「い、いく……。アアーッ……！」

たちまち香代が息を震わせて喘ぎ、粗相《そそう》したように大量の淫水を漏らしてガクガクと悶えた。そして弓なりに反り返り、小柄な茂助を乗せたまま激しく気を遣った。

「く……！」

茂助も膣内の艶《なま》めかしい収縮に巻き込まれ、昇り詰めながら呻いた。

同時にありったけの熱い精汁がドクンドクンと勢いよく内部にほとばしり、奥深い部分を直撃した。

「ヒッ……、あ、熱い……。もっと出して……！」

精汁の噴出を受け止めると香代が声を上げ、駄目押しの快感に狂おしく腰をよじった。

茂助も快感に酔いしれながら、美女の唾液と吐息を貪り、一物を激しく出し入れさせて心置きなく最後の一滴まで出し尽くしていった。

すっかり満足して徐々に動きを弱め、力を抜いてもたれかかっていくと、

「ああ……、良かった……」

香代も、満足げに声を洩らした。

そして熟れ肌の強ばりを解きながら、グッタリと四肢を投げ出していった。

まだ膣内はキュッキュッと名残惜《なごりお》しげな収縮を繰り返し、刺激されるたび茂助自身は内部でピクンと過敏に跳ね上がった。

「あう……、暴れないで。感じすぎるわ……」

香代が呻き、押さえつけるようにキュッときつく締め付けてきた。

茂助は身体を預け、香代の口に鼻を当て、熱く甘い息を胸いっぱいに嗅ぎながら、うっとりと快感の余韻を嚙み締めたのだった。

四

「法要も済んだので、間もなく店を開けるわ。来てくれるわね」

琴江が、訪ねてきた茂助を布団に招き、脱ぎながら言った。

「ええ、でも住み込みは無理なので、通いで奉公させて下さい」

「まあ、なぜ」

「長屋に馴染《なじ》んだのと、それに許婚が出来てしまいましたので」

「まあ……！」

茂助が言うと、琴江は驚いて目を丸くした。

「どうして、そんな急に……」

「済みません。行きがかり上、そういうことになってしまいました」

「相手は？　私よりうんと若いのね」

「十七で、絵草紙屋の奉公人です」

「口惜《くや》しい……」

琴江は言いながら手早く一糸まとわぬ姿になり、脱ぎかけていた茂助の下帯まで外し、互いに全裸で布団に倒れ込んだ。

彼を仰向けにさせ、琴江はのしかかりながら熱烈に唇を重ねてきた。

熱く甘い息を弾ませながら舌を挿し入れ、貪るように茂助の口の中を舐め回し、まるで自分の思いを吸収させるようにトロトロと大量の唾液を注ぎ込んできた。

茂助も舌をからめ、生温かな唾液で喉を潤し、甘い息に酔いしれながら激しく勃起していった。

「ンン……」

舌を挿し入れると、彼女は熱く鼻を鳴らして吸い付いた。

そして充分に舐め合ってから琴江は口を離し、彼の唇をキュッと噛み、頬や耳たぶにも歯を立ててきた。

「い、痛いから、もっと優しく……」

「いやよ。うんと苛《いじ》めてやるわ……」

茂助が甘美な痛みに悶えて言うと、琴江は答え、熱く息を弾ませながら彼の顔中に歯を食い込ませてきた。

それでも、痕《あと》になるほどの力は控えているから、茂助も身を投げ出し、美女に食べられているような興奮を覚えた。

琴江は彼の首筋を舐め下り、乳首にも吸い付いてキュッと噛んできた。

「あう……」

茂助は、ビクッと身を震わせて呻いた。

着物を着て見えない部分だと、少々歯形がついても構わないと思ったのか、あるいは許婚に見せつけようというのか、彼女は次第に容赦《ようしゃ》ない力を込めはじめた。

左右の乳首を噛み、熱い息で肌をくすぐり、徐々に股間まで舐め下りていった。

そして彼を大股開きにさせ、真ん中に腹這い、顔を寄せてきた。

内腿にも、綺麗な歯並びを強く食い込ませ、やがて股間に熱い息が吐きかけられた。

さらに琴江は茂助の脚を浮かせ、尻の丸みにも歯を立て、チロチロと肛門を舐め回してきた。

「く……！」

ヌルッと舌を挿し入れられ、茂助は快感に呻きながらモグモグと肛門で美女の舌を味わった。

琴江は、充分に中で舌を蠢かせてから、やがて彼の脚を下ろしてふぐりにしゃぶり付き、二つの睾丸を転がしてから、いよいよ肉棒の裏側をゆっくり舐め上げてきた。

「ああ……。そこは、どうか歯を当てないで……」

茂助は快感と不安にゾクゾクと胸を震わせて言い、琴江も何度か軽く歯を当てながらも、滑らかに先端を舐め回してきた。鈴口から滲む粘液がすすられ、張り詰めた亀頭がパクッと含まれ、そのままスッポリと喉の奥まで呑み込まれていった。

深々と含むと彼女は吸い付き、ネットリと舌をからみつかせてきた。

「アア……」

茂助は快感に喘ぎ、生温かな唾液にまみれた一物を彼女の口の中でヒクヒクと震わせた。

「ンン……」

琴江は熱く鼻を鳴らして恥毛をくすぐり、顔を小刻みに上下させ、スポスポと強烈な摩擦を繰り返してきた。

「い、いっちゃう……」

茂助は降参するように腰をよじり、絶頂を迫らせて口走ったが、琴江は貪るような吸引と摩擦、舌の蠢きを止めなかった。

「いく……、あぁッ……！」

とうとう茂助は昇り詰め、大きな快感に貫かれながら喘いだ。

同時に、熱い大量の精汁がドクンドクンと勢いよくほとばしり、若後家の喉の奥を直撃した。

「ク……」

琴江は噴出を受け止めて小さく呻き、なおも頬をすぼめて、最後の一滴まで吸い出してくれた。

「アア……！」

茂助は全て出し切り、魂《たましい》まで吸い取られそうな勢いに喘いだ。

やがて彼女は一物を含んだまま、口に溜まった精汁をゴクリと一息に飲み込み、キュッと口腔を締め付けた。茂助は駄目押しの快感にビクリと一物を震わせ、やがてグッタリと力を抜いた。

しかし、なおも琴江は亀頭を吸い、鈴口のヌメリを舐め回し続けた。

「ど、どうか、もう……」

茂助は腰をくねらせ、必死に哀願した。

すると、ようやく琴江もスポンと口を引き離し、ヌラリと淫らに舌なめずりした。

「さあ、また勃たせて。どうすればいいの？」

彼女は、股間から小悪魔のような眼差しを向けて言い、まるで子種の製造を促すようにふぐりを舐め回した。

「あうう。どうか、今度は私が舐めますので……」

茂助が過敏に反応しながら言うと、琴江も股間から顔を引き離してくれた。

「どこを舐めたいの？」

「足から……」

言うと、彼女は横に座り、脚を浮かせて足裏を茂助の鼻と口に押し当ててきた。

彼も舌を這わせながら、指の股に鼻を割り込ませ、汗と脂《あぶら》に湿って蒸《む》れた匂いを貪った。

萎《な》えかけた一物が、美女の足の匂いで覿面《てきめん》にムクムクと回復していった。

茂助は爪先にしゃぶり付き、全ての指の股を味わってから、足を交代してもらった。

新鮮な味と匂いを吸収し、舐め尽くすと彼女の手を引き、顔に跨がらせた。

琴江も、内腿と脹《ふく》ら脛《はぎ》をムッチリと張り詰めさせ、茂助の鼻先に濡れた陰戸を迫らせてきた。

茂助は両手で豊満な腰を抱き寄せ、柔らかな茂みに下から鼻を埋め込んで嗅いだ。隅々には、濃厚に甘ったるい汗の匂いが籠もり、ほんのり混じった残尿臭も悩ましく鼻腔を刺激してきた。

舌を這わせると、柔肉は生温かな淫水にトロリと濡れ、淡い酸味を伝えてきた。

茂助は夢中になって舐め回し、若後家の体臭に酔いしれながらヌメリをすすった。

「ああ……、いい気持ち……」

琴江がうっとりと喘ぎ、膣口を収縮させながら新たな蜜汁を漏らし、彼の顔に股間を擦りつけた。

茂助は心地よい窒息感に噎せ返りながら、懸命に味と匂いを貪り、突き立ったオサネに吸い付いた。

「アア……。それ、もっと……」

琴江がせがみ、グイグイとオサネを彼の口に押しつけてきた。

茂助も必死に吸い付きながら舌先で弾き、鼻から口の周りまでヌルヌルにされてしまった。

さらに彼は尻の真下に潜り込み、双丘を顔中に受け止めながら谷間の蕾に鼻を押しつけて嗅いだ。秘めやかな微香が汗の匂いに混じって鼻腔を刺激し、舌を這わせると細かな襞の震えが伝わった。

「く……!」

ヌルッと舌を潜り込ませて粘膜を味わうと、琴江が呻いてキュッと肛門を締め付けてきた。彼が執拗に舌を蠢かせると、陰戸から溢れる淫水が鼻先をビショビショにさせてきた。

そして再び陰戸に戻ってヌメリをすすり、オサネを舐め回すと、

「も、もういいわ……。入れたい……」

充分すぎるほど高まった琴江が、声を上ずらせて言い、股間を顔から引き離し

てきた。

仰向けの茂助の上を移動し、股間に跨がると、すでに一物はピンピンに回復し、屹立していた。

「嬉《うれ》しい……」

彼女は言って先端を陰戸に押し当て、潤いを与えながら位置を定め、やがて息を詰めて味わうように、ゆっくり腰を沈み込ませてきた。

たちまち肉棒は、ヌルヌルッと滑らかに呑み込まれてゆき、熱く濡れた柔肉にキュッと締め付けられた。

「ああッ……、いいわ……！」

根元まで受け入れると琴江は顔を仰け反らせて喘ぎ、座り込んでピッタリと股間同士を密着させてきた。

茂助も、股間に美女の重みと温もりを受け止め、キュッキュッと味わうような締め付けの中で快感を嚙み締めた。

琴江が何度かグリグリと股間を擦りつけてから、ゆっくりと身を重ねると、茂助も両手を回してしがみついた。

彼は潜り込むようにして、色づいた乳首に吸い付き、顔中で柔らかな膨らみを受け止めた。舌で転がすと、快感が伝わったように膣内がキュッキュッと締まった。

茂助は左右の乳首を交互に含んで舐め回し、さらに腋の下にも顔を埋め込んで、色っぽい腋毛に鼻を押しつけた。

甘ったるい汗の匂いが濃厚に鼻腔を掻き回し、彼もまた悩ましい刺激が一物に伝わって震えた。

「アア……、いい気持ち……」

琴江が言い、次第に緩《ゆる》やかに腰を遣いはじめた。

大量に溢れる淫水に律動がクチュクチュと滑らかになり、茂助も抱きつきながら股間を突き上げた。

すると上から琴江が唇を重ねてきた。

「ンン……」

熱く鼻を鳴らし、彼の口にヌルッと舌を潜り込ませ、からみつけた。

茂助も、甘い花粉臭の息を嗅ぎながら美女の舌を舐め回し、トロリとした生温かな唾液で喉を潤した。

その間も、互いの動きは激しくなってゆき、いつしか股間をぶつけ合うほどになっていった。

「い、いきそう……」

琴江が口を離し、彼の頬に唇を押しつけながら口走った。

すると内部の収縮が活発になり、彼女は激しく喘いで、ガクンガクンと狂おしい痙攣を開始した。

「いく……。アアーッ……！」

たちまち琴江が気を遣り、声を上げて激しく身悶えた。

茂助も続いて、艶めかしい摩擦の中で昇り詰めてしまった。

「く……！」

突き上がる快感に呻きながら、ありったけの熱い精汁を噴出させると、

「あう、熱いわ。もっと……！」

ほとばしりを受けた琴江が、駄目押しの快感を得たように呻き、キュッキュッと膣内を締め付けてきた。

茂助は心ゆくまで快感を貪り、最後の一滴まで出し尽くして徐々に突き上げを弱めていった。

「アア……、溶けてしまいそう……」

琴江も満足げに言い、グッタリと力を抜いて彼にもたれかかってきた。

茂助は、美女の甘い息を嗅ぎながらうっとりと余韻に浸り、いつまでも内部でヒクヒクと幹を脈打たせていたのだった……。

五

「月姫様は、ご無事にお輿入《こしい》れなさいました。その節は有難う存じました」

何と、茂助の長屋に姫の乳母《うば》である千代が訪ねてきて言った。

「そうですか。では夜の方も上手《うま》く……？」

「はい。恙《つつが》なく終えられたようでございます」

「それは良かったです」

他人事《ひとごと》ながら、話を聞いた茂助も安心して答えた。

「これは、姫様から茂助どのにお礼です」

言い、千代は懐中から可憐な簪《かんざし》を出した。なるほど、大名の奥方になれば、少女っぽい簪などは不要になり、最初の男である茂助に持っていてほしいのだろう。

「左様ですか。では有難く頂戴致します」

受け取りながら、圭にやろうかと思った。隠し持っていても仕方がないし、簪にしてみれば、女の髪に挿されるのが最も嬉しいだろう。

「千代様は、お急ぎでしょうか」

茂助は訊いてみた。上品で控えめな彼女を前にすると、ゾクゾクと淫気が高まってきたのだ。

それに、訪ねてきた千代も、その気ではないかと踏んで、こちらから水を向けたのである。茂助も徐々にそうした女の機微が分かるようになってきたのだろう。

「いいえ、特に急ぎませんが」

「ならば、どうか布団の方へ。お屋敷と違い煎餅《せんべい》布団で申し訳ありませんが」

茂助は入り口の戸に内側からつっかえ棒をして言い、布団に近づいて帯を解きはじめてしまった。

「わ、私はそのような……」

千代は狼狽《ろうばい》して言ったが、頬と耳たぶを染め、甘ったるい匂いを濃く揺らめかせた。

「分かっております。私からの無理なお願いです。姫様抜きで、どうにも二人きりで千代様を味わってみたいのです」

着物を脱ぎ下帯まで取り去り、ピンピンに勃起した一物を見せると、もう千代も建前などどうでも良くなったように、いきなり顔を寄せてきて先端にしゃぶり付いてきたではないか。

「ンン……」

千代は熱く鼻を鳴らして亀頭に吸い付き、クチュクチュと淫らに舌をからめてきた。まさか武家女が自分から口でするとは思わず、茂助も驚きながら快感に幹を震わせた。

千代は頰を上気させて吸っていたが、充分に唾液にまみれさせるとスポンと口を離し、羞じらうように背を向けて帯を解きはじめた。

手早く帯を落とし、着物と足袋《たび》を脱ぎ去り、腰巻を解き放った。そして襦袢《ジュバン》の前を開きながら優雅な仕草で布団に仰向けになった。

「あのひとときが忘れられません。どうかご存分に……」

千代は小さく言い、神妙に身を投げ出して目を閉じた。

茂助も興奮に胸を高鳴らせ、まずは千代の爪先に鼻を割り込ませて嗅ぎ、足裏に舌を這わせていった。

「あう……、そのようなところから……」

千代が、驚いたように声を震わせて呻いた。

茂助は蒸れた匂いを吸い込みながら爪先にしゃぶり付き、指の股に順々に舌を挿し入れていった。

「アア……」

彼女が喘ぎ、唾液に濡れた指を茂助の口の中で縮めた。

彼は両脚とも賞味してから腹這い、脚の内側を舐め上げ、股間に顔を進めていった。

白くムッチリとした内腿を舐め上げ、熱気と湿り気を発する陰戸を見ると、すでに陰唇は興奮に色づいて、ヌメヌメとした大量の蜜汁にまみれていた。

指で広げると、襞の入り組む膣口が艶めかしく収縮し、光沢あるオサネも包皮を押し上げるようにツンと突き立っていた。

「み、見ないで……」

千代がか細く言った。四十前後だから、茂助の知る女の中で最も年上だが、誰より羞じらいが強く可憐な感じである。

「舐めてと言って下さいませ」

「い、言えません、そのようなこと……」

股間から言うと、千代が驚いたように息を弾ませて答えた。

「でも、すごく美味《おい》しそうに濡れています。仰《おっしゃ》らないと、舐めるわけに参りませんので」

「アア……、ひどい……。どうかお願いします。な、舐めて下さい……」

千代は言うなり、自分の言葉にビクリと反応し、新たな淫水をトロリと漏らしてきた。

もう茂助も焦《じ》らさず、彼女の中心部にギュッと顔を埋め込んでいった。

黒々と艶《つや》のある茂みに鼻を擦りつけると、汗とゆばりの混じった匂いが濃厚に鼻腔を刺激してきた。

そして舌を這わせると、淡い酸味の蜜汁が迎え、彼は息づく膣口からオサネまでゆっくり舐め上げていった。

「ああッ……！」

千代がビクッと顔を仰け反らせて喘ぎ、量感ある内腿でムッチリと彼の両頬を挟み付けて悶えた。茂助も豊かな腰を抱え、執拗にオサネを舐め回しては、溢れる蜜汁をすすった。

さらに脚を浮かせ、白く丸い尻の谷間にも鼻を埋め込み、顔中にひんやりした双丘を感じながら蕾に籠もった秘めやかな微香を嗅ぎ、チロチロとくすぐるように舌を這わせた。

そしてヌルッと潜り込ませて粘膜を味わうと、

「く……！」

千代が呻き、キュッときつく肛門で舌先を締め付けてきた。

茂助は充分に舌を蠢かせてから、再び陰戸に戻って大量のヌメリをすすり、オサネにも吸い付いた。

「も、もう堪忍《かんにん》……」

千代が息も絶えだえになって降参すると、茂助も待ちきれなくなって身を起こし、そのまま股間を進めていった。先端を割れ目に擦りつけて位置を定め、ゆっくりと根元まで挿入した。

「あう……、何と、心地よい……」

深々と貫かれ、千代が身を弓なりに反らせて呻いた。

茂助は股間を密着させ、温もりと感触を味わいながら熟れ肌に身を重ねていった。

そして屈み込み、豊かな乳房に顔を埋めて乳首を吸い、舌で転がした。

左右とも味わってから腋の下に顔を埋めると、来るときからジットリ汗ばんでいたのか、腋毛には濃厚に甘ったるい体臭が籠もっていた。

「アア……、とろけてしまう……」

千代が朦朧《もうろう》となりながら言い、ズンズンと股間を突き上げはじめた。

茂助も合わせて腰を突き動かし、何とも心地よい肉襞の摩擦を感じて高まった。

動くたび、クチュクチュと淫らに湿った摩擦音が響き、千代も高まったようだ。

茂助は動きながら上から唇を重ね、舌を挿し入れて歯並びを舐め回した。

「ンンッ……」

千代も歯を開いて舌をからめ、吸い付きながら熱く鼻を鳴らした。

美女の息は甘い白粉《おしろい》のような刺激を含み、茂助は嗅ぎながら激しく動いた。

「い、いく……！」

すると、たちまち千代が口を離して仰け反り、短く口走りながらガクンガクンと狂おしく腰を跳ね上げてきた。さすがに大きな声を洩らすことはないが、気を遣る反応は激しかった。

茂助も続いて、膣内の悩ましい収縮の中で昇り詰めた。

「あぁッ……！」

突き上がる大きな絶頂の快感に喘ぎながら、ドクンドクンと熱い大量の精汁を勢いよく熟れ肉の奥へほとばしらせた。

噴出を感じると、さすがに千代も声を上ずらせ、彼を乗せたまま激しく腰を跳ね上げた。

「アアーッ……!」

茂助は快感に身を震わせながら、心置きなく千代の中に出し尽くした。

彼女も若い精汁を貪るように締め付け、彼の背に爪まで立ててきた。

やがて彼がすっかり満足して動きを止めていくと、千代も荒い呼吸を繰り返しながら熟れ肌の強ばりを解いていった。

「ああ……、こんなに感じるなんて……」

千代が言い、茂助は美女の甘い息を嗅ぎながら余韻に浸り込んだ。

そしていつまでも重なったまま、感慨に耽《ふけ》った。

許婚は出来たし、明日からは通いで両替屋に奉公だ。そして手籠め人として多くの女を抱き、こうした余録もある。

何やら彼は、まだ牢《ろう》の中にいて、心地よい夢を見ているだけのような気がしたのだった。

コスミック・時代文庫

手《て》籠《ご》め人《にん》源《げん》之《の》助《すけ》秘帖《ひちよう》
若後家ねぶり

2024年3月25日　初版発行

【著 者】
睦《む》月《つき》影《かげ》郎《ろう》

【発行者】
佐藤広野

【発 行】
株式会社コスミック出版
〒154-0002 東京都世田谷区下馬 6-15-4
代表　TEL.03(5432)7081
営業　TEL.03(5432)7084
FAX.03(5432)7088
編集　TEL.03(5432)7086
FAX.03(5432)7090

【ホームページ】
https://www.cosmicpub.com/

【振替口座】
00110-8-611382

【印刷／製本】
中央精版印刷株式会社

乱丁・落丁本は、小社へ直接お送り下さい。郵送料小社負担にて
お取り替え致します。定価はカバーに表示してあります。

ISBN978-4-7747-6545-7 C0193